Hans Fallada
Weihnachten, was nun?

Überall wo Kinder sind, da ist
Weihnachten schön. Bei uns
war es am allerschönsten.

Hans Fallada

Hans Fallada

Weihnachten, was nun?

Winter- & Weihnachtsgeschichten

benno

Bibliografische Information der Deutschen Nationalbibliothek
Die Deutsche Nationalbibliothek verzeichnet diese Publikation in der Deutschen Nationalbibliografie; detaillierte bibliografische Daten sind im Internet unter http://dnb.d-nb.de abrufbar.

Besuchen Sie uns im Internet:
www.st-benno.de

Gern informieren wir Sie unverbindlich und aktuell auch in unserem Newsletter zum Verlagsprogramm, zu Neuerscheinungen und Aktionen.
Einfach anmelden unter www.st-benno.de.

ISBN 978-3-7462-5251-3

© St. Benno Verlag GmbH, Leipzig
Zusammenstellung Volker Bauch, Gößnitz
Umschlaggestaltung: Rungwerth Design, Düsseldorf
Umschlagmotiv: © Элеонора Григорьева/Fotolia
Gesamtherstellung: Kontext, Lemsel (A)

Inhalt

Familienbräuche

Es gibt Steckenpferde, die nur den Einzelnen befallen, es gibt aber auch Steckenpferde, von denen ganze Familien heimgesucht werden. In unserer Familie haben alle bevorzugt ein und dasselbe Steckenpferd geritten, das war die Leidenschaft für Bücher. Dies Steckenpferd ritten wir alle zur Vollendung. Vater wie Mutter, Schwestern und Brüder. Als wir noch sehr klein waren, hatten wir doch schon ein Bücherbrett für unsere Bilderbücher, und dies Brett wuchs mit uns, es wurde zum Regal, dann holte es uns ein und wuchs uns über den Kopf. So sparsam Vater auch war, ein gutes Buch zu kaufen, reute ihn nie; ein Buch zu verschenken, freute ihn ebenso wie den Beschenkten.

Da Vater auf Ordnung hielt, wurde es in unserm Hause nie so schlimm wie bei einem Manne, den ich in späteren Jahren kennenlernte und der ein wahrer Büchernarr war. Ihn freute es schon, Bücher zu besitzen, er musste sie nicht etwa auch lesen. Er füllte sein ganzes, nicht ungeräumiges Haus mit Büchern, für die Menschen war keine bleibende Stätte mehr darin. Die Bücher breiteten sich über das ganze Haus aus wie die Wasserpest in einem Teich.

Seine Frau focht manchen wackeren Streit mit dem Narren, aber sie unterlag immer. Die Bücher verdrängten sie aus Kleider- und Wäscheschränken, sie lagen unter den Betten und auf allen Tischen, sie häuften sich auf den Teppichen, sie besetzten jeden Stuhl. Die Frau brauchte nur einmal einkaufen zu gehen, so hatten die Bücher schon wieder eine Position erobert.

Als sie einmal bei ihrer Heimkehr auch die Speisekammer von Büchern besetzt und erste Vortrupps schon in den Küchenschrank eingedrungen sah, gab sie den Kampf auf und verließ das Haus. Ich weiß nicht, ob ihr Mann dies schon gemerkt hat, er besaß die seltene Fähigkeit, nur von Brot und Äpfeln zu leben. Ich denke ihn mir gerne, wie er allmählich von seinen Büchern begraben wird. In tausend Jahren wird man ihn vielleicht platt gedrückt, aber wohl mumifiziert unter einem Berg von Broschüren finden, die immer noch darauf warten, von ihm gelesen zu werden.

Von solchen Ausartungen eines an sich löblichen Steckenpferdes konnte in unserer Familie nicht die Rede sein. Bei uns wurden Bücher nicht nur gesammelt, sondern auch gelesen. Um sie zu diesem Zweck jederzeit auffinden zu können, mussten sie in Reihen übersichtlich aufgestellt werden. Schon Doppelreihen waren verpönt, so sehr auch Platzmangel wie Tiefe mancher Regale dazu verlocken mochte. Das Auge musste alle Schätze stets vor sich haben, es genügte nicht, sie im Dunkel hinter einer andern Bücherreihe vegetierend zu wissen. Auch Bücher hinter Glas oder gar hinter Schranktüren durften nicht sein, ein Buch wollte nicht gesucht werden, es musste für die Hand bereitstehen. Alle diese Leitsätze der Bücheraufstellung waren vom Vater praktisch erprobt, er konnte auch sehr fließend darüber sprechen, wie Bücher zu ordnen seien ...

Infolge dieser etwas weitläufigen Aufstellung breiteten sich auch bei uns die Bücher allmählich über die ganze Wohnung aus, es gab in jedem Zimmer welche, und mein Auge hat sich von Kind auf so daran gewöhnt, dass mir noch heute ein Zimmer ohne Bücher nicht so sehr nackt wie vielmehr unbekleidet vorkommt. Vater besaß – sein juristisches Rüstzeug nicht gerechnet, das auch beträchtlich war – etwa dreitausend Bände, Itzenplitz reichte an die tausend, Fiete, die das Steckenpferd am wenigsten leidenschaftlich ritt, etwa vierhundert, ich, obwohl drei Jahre jünger, etwa ebenso viel, und der kleine Ede auch schon über zweihundert Bände. Da also etwa fünftausend Bände in unserer Berliner Wohnung versammelt waren, so konnte es vorkommen, dass trotz aller Ordnung manchmal das eine oder andere grade begehrte Buch nicht sofort gefunden wurde. Man beruhigte sich dann im Allgemeinen damit, dass irgendein anderes Familienmitglied das Buch wohl grade lese, und fand es denn auch nach kürzerer oder längerer Zeit wieder an seinem Platze vor. Zu einem gewissen Zeitpunkt unseres Berliner Aufenthaltes aber nahmen diese Fehlstellen in unser aller Regalen einen derartigen Umfang an, dass die Bücherreihen wie durch Zahnlückigkeit ent-

stellt aussahen. Jedes wunderte sich, fragte bei den andern herum und fand doch keinen Leser der fehlenden Bände. In einem abendlichen Kolloquium mit dem Vater wurde unzweifelhaft festgestellt, dass Bücher regelmäßig verschwanden und ebenso regelmäßig wieder heimkehrten, ohne dass über den Ort, wo sie sich während ihrer Abwesenheit aufhielten, das Geringste festzustellen war.

Unsere beiden Hausgeister zu verdächtigen, lag nicht der geringste Anlass vor, denn einmal waren sie schon lange Jahre bei uns, während die Bücherreisen erst seit kurzer Zeit in größerem Umfang stattfanden. Zum andern aber waren Minna und Charlotte Büchern ausgesprochen abgeneigt, schon weil sie beim Reinmachen unendliche Mehrarbeit verursachten. Unsere sämtlichen Freunde und Freundinnen wurden ohne Unterschied von Alter und Konfession unter die schärfste Kontrolle gestellt, aber ohne jedes Ergebnis: Die Bücher entflogen und kehrten heim in ihren Schlag wie die Tauben. Wo am Abend noch eine lückenlose Reihe gestanden hatte, gab es am Morgen Mankos; je mehr wir aufpassten, umso weniger fanden wir, umso rätselvoller wurde die Geschichte. Fast hätten wir schon an Geister geglaubt. Gewisse Vorlieben waren feststellbar, zum Beispiel, dass der geheime Leser Romane bevorzugte, Geschichtliches nur selten nahm, Klassiker aber nie ... Doch führte das alles nicht weiter, sondern verwirrte uns eigentlich nur noch mehr ...

Wir waren alle, Vater und Mutter eingerechnet, schon in heftige Erregung geraten. Die Frühmeldungen von den Bücherregalen beschäftigten uns am Frühstückstisch. Beim Mittagessen ergingen wir uns in den ausschweifendsten Vermutungen, und das Abendessen verdarb die Befürchtung vor dem, was morgen fehlen würde. Es war eine wirklich erregende Zeit, geheimnisvoll wie kein Kriminalroman, und die Schularbeiten litten darunter. Vater sah ein, dass ein Ende gemacht werden musste, er hätte nur auch gerne gewusst, wie –?

Da fand zu guter Stunde Itzenplitz, die unbestrittene Rekordleserin der Familie, in Gustav Freytags Ahnen, dritter Band: Die Brüder vom deutschen Hause, einen Zettel dieses Inhalts:

Werte Frau Brüning!
Dies ist mir zu fromm! Das nächste Mal lieber wieder was mit Liebe, am liebsten französisch.

Ihre Anna Bemeyer

Itzenplitz trug den Zettel eiligst zum Vater. Wer Anna Bemeyer war, war uns allen völlig unbewusst. Frau Brüning aber kannten wir, wenn wir sie auch nur selten sahen, denn sie war unsere Frühaufwartung, die von halb sechs bis halb acht Uhr der Charlotte beim Reinmachen half.

Vater strich den Zettel mit gerunzelter Stirn glatt und sagte: »Na schön, Itzenplitz, wir werden ja sehen ... Sprich aber noch mit niemandem davon!«

Worauf Itzenplitz stracks zu uns enteilte und uns von dem Zettel berichtete.

Es ist wohl unnötig zu sagen, dass wir Kinder am nächsten Morgen alle um halb sechs Uhr nicht nur wach, sondern auch schon in den

Kleidern waren. Wir wagten uns aber nicht so recht aus unsern Stuben, spähten nur durch die Türritzen und sahen die statiöse Frau Brüning mit Teppichroller und Bohnerbesen in Vaters Arbeitszimmer verschwinden. Sie trug ein graues Tuch über den Haaren.

Die nächste Bewegung auf dem Kriegsschauplatz war das Auftauchen von Mutter, fünf viertel Stunden vor ihrer gewohnten Zeit, ein Zeichen, dass heute früh die Schlacht wirklich geschlagen werden sollte. Zu unserer Enttäuschung ging sie aber nicht in das Arbeitszimmer, sondern verschwand in der Küchenregion. Ede und ich berieten eifrig, ob es tunlich sei, jetzt noch in Vaters Zimmer Horchposten zu beziehen, es erschien aber untunlich.

Kurz vor sechs Uhr erschien dann Vater, völlig angekleidet, vier Stunden vor seiner gewohnten Zeit. Wir hielten den Atem an und beobachteten ihn, wie er vor dem Spiegel auf dem Flur haltmachte, an seiner Krawatte rückte, dann leise hüstelte und mit zögerndem Schritt zu seinem Arbeitszimmer ging. Die Tür schloss sich hinter ihm.

Wir warteten zwei, vielleicht sogar fünf Minuten. Dann hielten wir es nicht länger aus, sondern schlichen an Vaters Tür. Hierbei begegneten wir den Schwestern, die sich von der andern Seite in gleicher Absicht heranpirschten. Vier Ohren legten sich an die Tür. Aber, ach, sie war, wie wir wohl wussten, im Interesse von Vaters Arbeitsruhe gepolstert, kein Laut drang zu uns. Doch verharrten wir immerhin so lange an dieser Tür, um von Mutter überrascht zu werden. Mit leisen Worten verwies sie uns das Schmähliche unseres Tuns und schickte uns in unsere Zimmer zurück. Wir sahen sie gerade noch in Vaters Zimmer eintreten, und erst jetzt fiel uns auf, dass sie einen Stoß Bücher unter dem Arm trug.

Lange, lange Zeit verging. Für Kinder ist Warten immer etwas Schreckliches. Was nicht sofort geschieht, geschieht nie, und nun gar Warten in einem solchen Moment, nachdem wir schon Wochen auf die Lösung des Rätsels gewartet hatten! Charlotte erschien und erkundigte sich etwas pikiert nach dem Verbleib Frau Brünings. Wie sie ihre Arbeit schaffen solle?

Wir waren froh, ein Opfer gefunden zu haben, deuteten geheimnisvoll vieles an, das wir nicht wussten, und hatten die Freude, Charlotte völlig verwirrt an ihre Arbeit zurückkehren zu sehen.

Dann endlich, kurz nach halb sieben, öffnete sich die Tür von Vaters Arbeitszimmer! In ihr erschien zuerst Frau Brüning. Das graue Kopftuch hatte seinen Sitz im Haar verlassen und wurde jetzt vor das Gesicht gehalten. Trotzdem sah und vor allem hörte man, dass seine Besitzerin heulte. Dann erschien Vater. Er sagte ernst: »Also heute noch, Frau Brüning! Unbedingt heute noch!«

Stärker schluchzend öffnete Frau Brüning sich die Vordertür und ging die Herrschaftstreppe hinab. Die Tür hinter ihr blieb offen. Wir waren entsetzt über diese Verletzung der Hausordnung! Wenn der Portier Markuleit sie auf der Vordertreppe ertappte, würde sie einiges zu hören bekommen! Denn die Lieblingsbeschäftigung Markuleits, die er mit vielen Kollegen damals teilte, war es, seiner Ansicht nach unwürdige Personen von der Herrschaftstreppe herunterzujagen und die Lieferantentreppe hinaufzuschicken!

Vater stand einen Augenblick auf dem Flur, stampfte mit dem Fuß auf und rief: »Teufel! Teufel!« Dann ging er zur Vordertür und schloss sie. (Wir verschlangen ihn mit unsern Augen.) Nun wandte sich Vater wieder seinem Arbeitszimmer zu. Er war schon fast darin verschwunden, da drehte er sich noch einmal um und rief ganz heiter: »Na, kommt nur hervor, ihr Strabanter! Glaubt ihr, ich hätte eure Schöpfe und eure Augen nicht gesehen?!«

Wir brachen in Lachen aus. Wir begriffen sofort, dass Vater uns eben mit seinem »Teufel! Teufel!« eine kleine Komödie vorgespielt hatte. Zugleich aber begriffen wir auch, dass Frau Brünings Verbrechen nicht so schwer sein konnte, wie nach ihrem starken Weinen zu schließen gewesen war. Und so war es auch wirklich. Frau Brüning, die selbst gerne Bücher las, hatte damit begonnen, sich einiges für ihren Privatbedarf ohne unser Vorwissen zu entleihen. Dies sparte ihr auch

Geld, denn nun konnte sie ihr Abonnement in der Leihbibliothek abbestellen. Allmählich ging sie dazu über, auch ihre Freundschaft und Bekanntschaft mit Büchern zu versorgen. Der Kreis ihrer Leser breitete sich aus, das Besorgen der Bücher machte eine gewisse Arbeit, was war natürlicher, als dass Frau Brüning sich diese Arbeit bezahlen ließ –?!

»Ja«, sagte Vater lächelnd. »Es ist nicht zu leugnen, dass Frau Brüning eine gewisse, wenn auch irregeleitete Geschäftstüchtigkeit besitzt. Sie selbst hat mir zwar versichert, dass sie in der Woche nicht mehr als eine Mark eingenommen hat. Da sie aber allein heute neun Bände zurückbrachte und da sie, ihrer eigenen Angabe nach, fünf Pfennige Leihgebühr pro Band erhob, sie wird aber, wie ich vermute, einen Groschen genommen haben, so hat sie wohl drei bis fünf Mark in der Woche mit unsern Büchern verdient!«

»Das Geld muss sie aber an uns abliefern, Vater!« rief Ede, und ich war seiner Ansicht.

»Nein, danke, mein Sohn!« sagte Vater kurz. »Ich bin froh, wenn sie heute noch die fehlenden Bücher bringt, womit ihre Tätigkeit in unserm Hause beendigt ist.« Vater sah zu Mutter hinüber. »Ich fürchte, Louise, du verlierst eine tüchtige Kraft.«

»Zu tüchtig!« lächelte Mutter. »Ich finde schon jemand anders. Und jetzt werde ich einen Besen ergreifen, sonst schafft Charlotte ihre Arbeit nicht.«

»Der eine Gedanke aber tröstet mich«, sagte Vater nachdenklich. »All diese Leser haben aus unserer Leihbibliothek nicht ein schlechtes Buch bekommen. Damit stehen wir hoch über der ganzen Konkurrenz. Denn was da jene Bemeyer von französischen Büchern schreibt, so leugne ich nicht, den Dumas mit seinen drei Musketieren zu besitzen, auch einige Maupassant, doch halte ich diese Bücher nicht für verderblich. – Unsere Mutter aber bitten wir«, schloss der Vater, »bei der nächsten Aufwartung auf das ganz Unliterarische zu sehen. Lieber noch das tollste Berlinisch, aber keine illegitimen Bücherentleihungen mehr!«

Der gute, ahnungslose Vater! Hätte er gewusst, dass sein eifrigster illegitimer Bücherentleiher in der Gestalt seines Sohnes Hans vor ihm stand! Zu jener Zeit war ich nämlich der ewig gleichen Kost der Indianer- und Abenteuerbücher müde geworden. Kein Präriebrand konnte mich noch begeistern, kein Mustang war mir wild genug, mich zu erregen – und was die Lebensgefahr anbelangt, in der die Helden ständig schwebten, so hatte mich mein Vater von aller Angst um sie gründlich geheilt.

Als ich nämlich einst um einen Helden zitterte und nur noch um fünf Minuten Aufschub mit dem Zubettgehen bettelte, um doch noch zu erfahren, ob er leben oder sterben würde – da nahm Vater das Buch lächelnd in die Hand, wies auf das dicke Seitenpaket, das noch ungelesen vor mir lag, und sagte: »Noch zweihundertfünfzig Seiten – und der Held soll jetzt schon sterben? Was will denn der Verfasser auf den restlichen zweihundertfünfzig Seiten erzählen? Das Begräbnis?«

Dies leuchtete mir ein, sodass ich von Stund an, sobald mein Herz in Anteilnahme zu klopfen anfing, den restlichen Umfang des Buches abschätzte, und sofort war das Herz wieder ruhig!

Vielleicht war dies eine sehr nüchterne Weise, mich von meiner allmählich ausartenden Vorliebe für Abenteuergeschichten zu heilen. Aber sie half. Und nun suchte mein Geist andere Betätigungsfelder, und da ich Vaters literarischen Geschmack, seit er mir den Karl May verboten hatte, misstraute, so ging ich auf eigene Faust in seiner Bibliothek auf Entdeckungsreisen. Übrigens Karl May – es ist mir heute noch unverständlich, warum mein sanfter, nicht gerne etwas verbietender Vater eine so tiefe Abneigung grade gegen diesen Autor hatte. Er war darin unerbittlich. Wir durften uns nie einen Karl May ausleihen, und als Onkel Albert dem Ede und mir ein paar Bände May geschenkt hatte, mussten wir sie beim Familienbuchhändler in schicklichere Lektüre umtauschen.

Vater hat damit nur erreicht, dass meine Liebe zu Karl May immer weiter unter der Asche schwelte. Als ich dann ein Mann geworden war und ein bisschen Geld hatte, habe ich mir alle fünfundsechzig Bände Karl May auf einmal gekauft. Während ich dies schreibe, stehen sie grüngolden aufmarschiert in der Höhe meines rechten Knöchels. Ich habe sie nun alle gelesen, nicht nur einmal, sondern mehrere Male. Jetzt bin ich gesättigt von Karl May, ich werde sie kaum wieder lesen. Aber nun schlüpft mein Ältester in den Ferien hier herauf und holt sich einen Band nach dem andern, bettelt vor dem Schlafengehen um fünf Minuten Aufschub – alles dasselbe und doch alles ganz anders. Denn ich hindere ihn nicht, ich raube ihm auch nicht die Illusion, der Held befinde sich wirklich in tödlicher Gefahr – ich will doch einmal gegen Vater recht behalten!

Wie gesagt: Da die kommunen Abenteuerbücher schal geworden waren und Karl May mir nicht gereicht wurde, ging ich selbst auf Entdeckungsreisen. Was da offen in Vaters Regalen stand, reizte mich nicht so sehr. Aber es gab auch gewisse Kästen in den unteren Fächern dieser Regale ... Auf ihnen stand öfter der Name Frankreich, England, Amerika, vereinzelt auch Ungarn, Italien, Schweden, Norwegen ... Hier hatte Vater die Heftchen und Hefte der Universalbibliothek untergebracht, die sich in ihren Broschüren nur schlecht auf einem Bücherbrett ausnahmen.

Diese Kästen waren eine wahre Fundgrube für mich! Mit elf oder zwölf Jahren geriet ich auf Flaubert und Zola, auf Daudet und Maupassant! Das Erotische verstand ich nicht, darüber las ich hinweg, aber welch eine ungeahnte Welt eröffnete sich mir da! Ich hatte nie gedacht, dass Romane so sein könnten! Stücke aus dem Leben nämlich, wirkliches Leben, das sich jeden Augenblick auf dieser Erde abspielen konnte! Alles, was ich bisher gelesen hatte, und ich hatte es gläubig gelesen, hatte doch etwas Unwirkliches gehabt, es war mehr den Märchen meiner Kindheit als dem Leben verwandt gewesen. Es musste sehr weit von der Luitpoldstraße entfernt spielen, um einen Schimmer von Glaubhaftigkeit zu bekommen.

Das hatte ich stets dunkel gefühlt, ohne es mir klarmachen zu können. Sie hatten nicht satt gemacht, weder Herz noch Hirn, diese Abenteuergeschichten! Aber das hier, diese neue Welt –! Ich muss es schon damals gefühlt haben, dass man so »möglich« schreiben müsse, um »wirklich« zu wirken. Diese Bücher gingen glatt in mich ein. Ich las jedes nicht nur einmal, ich las es mehrere Male. Daher kommt es wohl, da sie so fest in mir saßen, dass ich sie allmählich überwand. Zola ist mir heute unerträglich, Daudet scheint mir fade,

Flaubert bewundere ich, aber ich habe meine Lektion von ihm gelernt und lese ihn nicht mehr – aber jeder dieser Autoren hat seine Spuren in mir hinterlassen.

Ich erinnere mich sehr wohl meiner Begeisterung, als ich Dumas' »Drei Musketiere« entdeckte. Das war auch eine Abenteuergeschichte, aber sie war nicht nur ausgedacht, sie war auch möglich.

Und dann, als mir im englischen Kasten Stevensons Schatzinsel in die Hände fiel! Als ich Charles Dickens entdeckte, dessen Copperfield ich heute noch wieder und wieder lese, immer mit dem alten Entzücken. Seite um Seite könnte ich füllen mit diesen Erinnerungen an die Bücher, die ich damals entdeckte, die immer weiter in mir leben! Und dann die Russen: Rodion Raskolnikoff, Die Brüder Karamasoff!

Meine Leser werden finden, dass ich etwas reichlich früh mit dieser Lektüre begann, meine Eltern hätten das auch gefunden. Es hätte meiner Mutter Herz erschreckt, ihren ältesten, ach so jungen Sohn über der Lektüre von Maupassants Frivolitäten zu finden. Das habe ich ahnungsvoller Knabe natürlich recht gut gewusst, und so las ich nur in diesen Reclam-Bändchen, wenn ich mich ganz sicher wusste, also am frühesten Morgen. Ich bin zeit meines Lebens ein schlechter Schläfer gewesen, und meist war ich schon als Junge vor vier Uhr wach. Dann schlich ich auf leisen nackten Sohlen in Vaters Zimmer und kehrte reich beladen in mein Bett zurück. Und las ... Und las ...

Später, als ich entdeckt hatte, dass mein Vater nie diese Kästen auf ihren Bestand kontrollierte – sie gehörten einer vergangenen Leseepoche von ihm an –, später wurde ich frecher: Ich hielt mir unter der Matratze meines Bettes immer ein größeres Lager dieser Bände. Es war ein beruhigendes Gefühl, sich abends beim Einschlafen zu sagen, dass man für den kommenden Morgen bereits verproviantiert war. Heute hat meine gute Frau mich darüber aufgeklärt, dass diese stets unentdeckt gebliebene Schmökerbibliothek unter der Matratze den Reinmachekünsten des elterlichen Hauses kein gutes Zeugnis ausstelle: Zu einem richtigen Bettmachen gehöre auch ein Wenden der Matratzen. Ich hoffe danach, dass dies heute in meinem eigenen Hause regelmäßig geschieht, aber ich sage noch in dieser Stunde Minna, Christa, Charlotte, und wie sie sonst alle hießen, meinen Segen und Dank, dass es im elterlichen Hause nicht geschehen ist!

Es konnte gar nicht anders sein: Durch eine so intensive Leserei musste die Schule zu kurz kommen. Meistens nahm ich nur ziemlich schläfrig am Unterricht teil, und wachte ich einmal auf, so dachte ich nur an das Gelesene oder wie es nun weitergehen würde. Einmal, ein einziges Mal winkte mir die Aussicht, dass ich durch meine Lektüre auch in der Schule Lorbeeren ernten konnte. Das war, als unser Geschichtslehrer vom Aufstand der Tiroler erzählte, wobei auch der Name Jürg Jenatsch fiel ... Ich horchte auf. Professor Friedrichs fragte, uns alle musternd: »Weiß vielleicht einer von euch, welcher Dichter uns diesen Aufstand geschildert hat –?«

Ich sah um mich, ich war der Einzige, der es wusste. Stolz fuhr ich aus meiner Bank und schrie: »Cordinand Ferdinand Meyer!«

Ein brüllendes Gelächter war der Erfolg, den ich einheimste. Sogar Professor Friedrichs lächelte milde. »Zwar nicht Cordinand Ferdinand« – neue Gelächtersalve –, »sondern Conrad Ferdinand Meyer.«

Nun hieß ich eine Weile in der Klasse nur der Cordinand.

Also ich las und las. – Aber in unserer Familie war es so bestellt, dass man das Verbum »lesen« in allen Formen konjugieren konnte, es stimmte immer. Ich lese, du lasest, er wird lesen, sie haben gelesen – immer stimmte es! Nur die Befehlsform anzuwenden war ganz unnötig: »Lies und leset« brauchten nicht angewendet zu werden, wir taten es auch so.

Aber ich war ein reiner Waisenknabe in meinen Leseleistungen gegen meine Schwester Itzenplitz. Sie brach jeden Rekord im Lesen. Wenn ich morgens um vier Uhr in Vaters Arbeitszimmer schlich, um mich neu mit Lektüre zu verproviantieren, traf ich sie dort manchmal. Im Nachtgewand stand sie auf einem Stuhl, in der einen Hand hatte sie ein geöffnetes Buch, in der andern eine fast heruntergebrannte Kerze. Sie hatte es nicht so gut wie ich, ihr Schlafzimmer lag direkt neben dem der Eltern, und das verbot alles nächtliche Lesen, denn Mutter hatte feine Ohren. Wenn ich ihr aber vorschlug, sich doch wenigstens in einen Sessel zu setzen, sah sie mich nur bleich und frösterig über die Seiten ihres Buches weg an, sagte »Och!« und war wieder in ihre Lektüre versunken.

Als diese selbe Schwester einmal die Aufnahmeprüfung für das Gymnasium mit Glanz bestanden hatte, durfte sie zur Belohnung mit einer Tante nach Italien fahren. Am Tage vor der Abreise gab meine Mutter ihr streng auf, endlich ihren Koffer zu packen. Itzenplitz versprach es, aber kurz vor dem Abendessen fand Mutter sie verloren in einem Buch, in dem Koffer lagen nur ein paar vereinzelte Wäschestücke. Mutter war entrüstet, es gab eine tüchtige Abreibung, und Itzenplitz musste ihr in die Hand versprechen, nicht eher wieder ein Buch anzurühren, bis der Koffer gepackt war.

Als aber Mutter um halb elf zum Gutennachtsagen zu ihr kam, fand sie ihre älteste Tochter auf dem Boden neben dem Koffer sitzen und Zeitungen lesen. Es waren uralte Zeitungen, es hatten Schuhe in sie eingepackt werden sollen. Aber ein Wort hatte die Aufmerksamkeit von Itzenplitz gefesselt, sie hatte zu lesen angefangen, und wenn sie erst im Lesen war, vergaß sie Zeit und Ort und alle zu packenden Koffer. In dieser Nacht flossen noch Tränen, und beinahe wäre die Italienreise am Einwickelpapier gescheitert. Die Mutter prophezeite ihrer Tochter düster, sie werde in ihrem Leben noch einmal an dieser elenden Leserei scheitern, sie werde alle guten Gelegenheiten darüber verpassen …

Itzenplitz ist nicht gescheitert (worüber sich niemand mehr freut als meine Mutter!), und ich glaube, sie hat auch nicht viel verpasst, trotzdem sie sich nie des süßen Giftes starker Lektüre entwöhnt hat. Heute hat sie Mann und Kind, und wenn ich sie einmal besuche, geht Itzenplitz gleich in die Küche, um uns etwas Gutes zu kochen, denn sie weiß, wie verfressen ich bin. Nach einer Weile sagt dann mein geduldiger Schwager freundlich: »Ich glaube, wir müssen mal nach meiner Frau sehen …«

Und da sehen wir sie denn wirklich, sie steht am Herd, das Wasser kocht, aber Itzenplitz merkt es nicht. Sie hat in der einen Hand einen Löffel, in der andern ein Buch, aber nur das Buch fesselt sie. Noch heute bringt es Itzenplitz nicht über sich, mit einer Zeitung

Feuer im Ofen zu entfachen, ohne diese Zeitung erst auf ihren Inhalt geprüft zu haben.

Das hat natürlich einige Unbequemlichkeiten im Haushalt zur Folge, aber mein Schwager ist nicht nur ein geduldiger, sondern auch ein weiser Mann. Er weiß, was unter den Schattenseiten einer Tugend zu verstehen ist. Denn Itzenplitz weiß alles, und sie hat immer etwas zu erzählen. Sie liest ein Kochbuch mit derselben Hingabe wie eine Abhandlung über den Meskalinrausch. Sie saugt aus jeder Blüte Honig, selbst aus den übelriechenden, wie Vater schon früher von ihr sagte.

Noch bleibt mir im Hinblick auf das Familiensteckenpferd von einer nicht sehr schönen Gewohnheit in unserm Hause zu sprechen: Keines von uns suchte einen gewissen Ort auf, ohne sich vorher mit einem Buch zu bewaffnen. Wohl hatten wir in Berlin zwei solche stillen Stätten, aber da unser Haushalt, die dienstbaren Geister eingerechnet, acht Personen zählte, war doch stets Knappheit an passender Sitzgelegenheit. Wie oft wurde verzweifelt an einer Tür gerüttelt, flehentliche Bitten wurden geflüstert, Verwünschungen zum Himmel gesandt: alles umsonst. Jedes Familienmitglied huldigte dem Satz »J'y suis, j'y reste.« Jedes wusste nur zu gut, dass der Bettler und Rüttler, war er erst drinnen und der andere draußen, mit derselben Beharrlichkeit weitersitzen und weiterlesen würde.

Noch heute muss ich im Gedanken daran lächeln, wenn ich meinen Vater, im grauen Hausjäckchen, einen Band Reichsgerichtsentscheidungen unter dem Arm, an jenen Ort verschwinden sah. Denn Vater gab sich dort keineswegs nur entspannender Lektüre hin, es wurde dort ganz ernst gearbeitet. Waren die Verhältnisse unhaltbar geworden, so wurde, meist auf Mutters Anregung hin, die diesem Lesen am wenigsten frönte, ein Verbot erlassen, mit Büchern »dorthin« zu gehen. Aber es half meist nur wenig, da aus Sparsamkeitsgründen auf dem Klo zerschnittenes und gebündeltes Zeitungspapier hing. Es war ein reizvolles Spiel, diese Zeitungsstücke wieder zusammenzusetzen und zu versuchen, sie fortlaufend zu lesen. In leichter Abänderung eines ärztlichen Fachausdruckes hieß dieser Ort bei uns auch »locus minoris resistentiae«.

(Ich möchte übrigens allen meinen Lesern, die mich etwa besuchen wollen oder eine Einladung an mich beabsichtigen, mitteilen, dass ich durch den Einfluss meiner Frau von dieser Art des Leselasters völlig geheilt bin.)

Außer dem Büchersteckenpferd ritt mein Vater aber noch ein zweites, das war die Musik. Die Musik, besonders in der Form des von ihm geübten Klavierspiels, war seine größte Freude, seine Entspannung, sein Trost, seine Gefährtin in einsamen Jahren. Mein Vater soll ein ausgezeichneter Klavierspieler gewesen sein, und Mutter, die eigentlich nur das übliche Klimpern der höheren Tochter gelernt hatte, entwickelte sich unter seiner Führung in den langen Jahren ihrer Ehe immer mehr, wenn sie auch Vater nie ganz erreichte.

Manchmal wurde er ungeduldig bei ihrem Vierhändigspielen. Ich sehe ihn noch, wie er den Kopf immer energischer hin und her bewegte, um ihr Tempo anzufeuern, wie er zu zählen anfing: »Eine, zweie, dreie, viere. Eine, zweie, dreie, viere ...«, und wie meine Mut-

ter sich bemühte, seinen Anforderungen gerecht zu werden, die Lippen fest geschlossen, ein leises Rot auf den Wangen.

Aber dann ihre Freude, wenn Vater nach einer bachschen Fuge etwa anerkennend sagte: »Das hast du ganz großartig gespielt, Louise.« Wie in allem, so wollte auch in der Musik meine Mutter teilhaben an dem, was ihn freute. Jahraus, jahrein, jeden Tag, ob Alltag, ob Sonntag, setzten sich meine Eltern nachmittags um fünf Uhr an den Flügel und spielten bis sechs vierhändig. Das war so unumstößlich, dass wir Kinder in diese Zeit schon ganz gewohnheitsmäßig unsere Abrechnungen untereinander legten, um diese Stunde waren wir vor Eingriffen von oben her sicher.

Der Flügel, ein echter Steinway, ein wahres Prachtexemplar, war weit über der sonstigen Lebenshaltung meines Vaters. Wie er zu ihm gekommen ist – denn er hat ihn schon als junger Assessor aus eigenen Mitteln gekauft –, ist auch eine Geschichte. Wie eben gesagt, war Vater damals Assessor in einem kleinen hannöverschen Landstädtchen. Die Gegend war damals von einer bösen Seuche ergriffen, die auch ich später einmal im Thüringischen erlebte: Die Höfe brannten zu leicht. Schien eine Scheune baufällig, ein Wohnhaus eines andern Daches zu bedürfen, so brannte es dort über kurz oder lang, das war so sicher wie das Amen in der Kirche. Die Brandkassen mussten zahlen und zahlen bis an die Grenze ihrer Leistungsfähigkeit. Hat sich eine solche Krankheit in einem Bezirk erst einmal eingefressen, so hilft nur Abschreckung durch Verhängen von drakonischen Strafen, durch Statuieren eines Exempels.

Aber ehe ein Exempel statuiert werden kann, muss ein Übeltäter gefasst sein. Und die Brandstifter gingen zu jener, nun fast siebzig Jahre zurückliegenden Zeit mit der äußersten Gerissenheit vor. Die Brandkassen setzten eine Belohnung aus, sie verdoppelten, sie vervierfachten, bis sie die damals horrende Höhe von tausend Talern erreicht hatte, aber es blieb alles umsonst, kein Brandstifter wurde gefasst ...

Nun gut, zu jener Zeit und in jener Gegend geht Vater spazieren. Er liebte sein ganzes Leben hindurch die weiten und besonders die einsamen Spaziergänge. Er hat immer all seinen Scharfsinn aufgewendet, um Wege zu finden, die niemand ging. Also auch an jenem Tage, einem drückend heißen Sommer- und Sonntage, geht mein Vater auf Feldrainen und Wiesenkanten fern allen Menschen auf dem flachen Lande spazieren. Allmählich wird das Licht der Sonne fahl, am Horizont türmt sich immer höher blauschwarzes Gewölk, in der Ferne fängt es an, erst leise, rasch immer lauter zu grummeln und zu brummeln. Vater sieht sich nach einem Unterkommen, das ihm vor dem aufziehenden Gewitter Schutz bietet, um. In der Ferne entdeckt er die Strohdächer eines einsam liegenden Gehöftes. Erst langsam, dann immer schneller schlägt er den Weg nach dem Hof ein.

Grade als das Gewitter mit dem ersten fürchterlichen Schlag über seinem Kopf losgebrochen ist, als die ersten Tropfen fallen, betritt Vater den Hof. Er hält sich nicht erst lange mit Umsehen auf, er öffnet die Tür und steht auf der Diele, dem »Pesel« des Hauses. Man kennt solchen Pesel. Er nimmt fast zwei Drittel des Hauses ein, links steht das Rindvieh, rechts die Pferde, darüber, durch eine Luke erreichbar, liegt der Heuboden. Im Hintergrund, nach dem Pesel zu offen, ist die Küche mit der Feuerstätte, daran erst schließen sich die wenigen Stuben des Hauses.

Auf diesen Pesel tritt als überraschender Gast mein Vater und bleibt erstarrt stehen. Denn auf dem Pesel stehen alle Hausgenossen mit Betten, Hausgerät, Kisten beladen. Zwei Mädchen halten die Kühe schon bereit, ein Bursche die Pferde – alle wenden Vater plötzlich erschreckte, starr werdende Gesichter zu. Und in eben diesem Augenblick erscheint auch in der Heubodenluke der Herr des Hofes, er ruft hinunter: »Jetzt brennt's all tüchtig!«

Mein Vater war in dem Augenblick eingetreten, als das Feuer angelegt war!

Es war – für alle – ein recht unangenehmer Moment, als dem Landwirt klar wurde, dass ein Besuch auf dem Pesel stand, und was für ein Besuch! Denn der Assessor des Amtsgerichts war wohlbekannt. Mein Vater versicherte uns, es sei eine der schlimmsten Minuten seines Lebens gewesen, und einen Augenblick habe er gezweifelt, ob er lebend den Pesel verlassen würde. Aber diese Minute ging vorüber, mein Vater war ein mutiger und energischer Mann, und die Leute, wenn sie auch Brandstifter waren, waren doch keine Mörder. Mein Vater legte die Hand auf die Schulter des Mannes und erklärte ihn für verhaftet. Und ohne den Leuten erst Zeit zum Besinnen zu lassen, führte er den Verhafteten fort in die Stadt, durch Regen und Gewitter, von Blitzen umzuckt! Es ist wohl ein schlimmer Weg für alle beide gewesen, für den Führer wie für den Verhafteten. Denn mein Vater wusste wohl, wie Schweres dem Manne bevorstand, dass seine Strafe hart, sehr hart ausfallen würde, und der Mann wusste das auch. Er verlegte sich aufs Bitten und Flehen, es habe doch keiner gesehen als der Assessor, der Assessor wolle doch nicht Weib und Kind unglücklich machen. Mein Vater war ein sanfter und gütiger Mann, aber hier konnte es kein Schwanken geben, eine Pflicht musste getan, eine Seuche ausgerottet werden ...

An die ausgesetzte Belohnung aber wird mein Vater auf diesem Wege kaum gedacht haben, zu viel anderes bewegte ihm Herz und Hirn. Vater war ein junger Mensch, in der Achtung vor dem Alter war er erzogen worden. Es ist schwer, gegen einen Alten hart zu sein, wenn man noch jung ist, ihn bitten zu hören und »Nein« zu sagen. Die Belohnung kam erst später, und es ist bezeichnend für Vaters wenig entwickelten Erwerbssinn, dass er sie lange nicht nehmen wollte. Erst als es ihm seine Vorgesetzten befahlen, tat er es. Und verwandelte das Geld in den Steinway-Flügel, der sein ganzes Leben hindurch seine größte, seine dauerndste Freude blieb.

Gelang es aber dem Vater, seiner Frau eine immer stärker werdende Neigung zur Musik einzuflößen, so hatte er mit uns Kindern weniger Glück. Jedes von uns bekam Klavierunterricht, und keines kam über die erbärmlichste Stümperei hinaus. (Außer Ede, von dem noch berichtet wird.) Was speziell mich anging, so war ich der größte Versager. Ich konnte nie einen Ton vom andern unterscheiden, und auf dringenden Wunsch des Gesanglehrers wurde ich vom Gesangunterricht für ewige Zeiten befreit, da, wenn ich nur zu singen anfing, die ganze Klasse schon aus dem Takt geriet. Wirklich habe ich auch heute noch keinen richtigen Ton in der Kehle, und ich pfeife zwar gerne, besonders Volkslieder, aber für mich

ganz allein, fern allen Menschen. Ich möchte gerne in meinem Bett sterben ...

Aber Vater gab so leicht den Mut nicht auf. Er war unermüdlich in seinen Versuchen, uns die Liebe zur Musik einzuimpfen. Nach dem Abendessen kam stets die ganze Familie in seinem Zimmer zusammen. Zuerst spielte uns Vater mit Mutter eine halbe Stunde lang etwas vor, dann wurde von ihm vorgelesen. Ich ruchloser Knabe habe diese Zeit des Vorspielens meist dazu benutzt, um noch unerledigte Schularbeiten zu machen. Das ging sehr gut, denn die Eltern kehrten uns am Flügel den Rücken. Man musste nur auf den Moment passen, wenn das Stück zu Ende ging; hierin erwarb ich mir eine gewisse Routine, die mir noch heute beim Plattenwechsel zugutekommt.

Denn seit Vater tot ist, finde ich langsam einen Weg zur Musik. Solange er lebte, glaubte ich, musikalisch ein Idiot zu sein, außerdem konnte ich Musik »überhaupt nicht ausstehen«. Das hängt damit zusammen, dass ich lange Jahre »böse« auf Vater war. Weil ich ihm zürnte, lehnte ich auch das, was er am meisten liebte, ab. Aber das ist ein trübes Kapitel, nur mit Schmerz und Reue denke ich daran zurück, will aber nichts darüber erzählen.

Vater wählte für dieses Vorspielen immer leichtere Musik, was er nämlich so leichter nannte: den Lohengrin, Schumann, Schubert, allenfalls auch noch den Freischütz. Ein Mann, der mehr von Musik versteht als ich, hat mir später einmal gesagt, dass Vater eigentlich gar nicht musikalisch gewesen sei, er sei mehr Mathematiker als Musikant gewesen. Wie in der Geometrie eine Figur konstruiert wird, so habe mein Vater in der Musik die Konstruktion, den kunstvollen Auf- und Abbau mehr geschätzt als den Klang, das eigentlich Musikhafte. Wie gesagt, davon verstehe ich nichts. Aber mir scheint doch, als wenn Vater für uns Kinder ein wenig gar zu schwierige Themen auswählte. Ich erinnere mich noch, dass ich einmal, bei meinen Schularbeiten sitzend, aufmerksamer als sonst ins Nebenzimmer lauschte, wo Vater und Mutter am Flügel saßen. Das gefiel sogar mir, was sie da spielten. »Heut hast du mal was Hübsches gespielt, Vater!«, sagte ich nachher anerkennend.

»Was habe ich doch für einen Sohn!«, rief Vater in komischer Verzweiflung und griff sich ins Haar. »Ich kann jahrelang das Herrlichste von Bach und Beethoven spielen, er hört es gar nicht. Hört es einfach nicht!! Aber ich brauche nur einmal solch einen Schmarren von Suppé zu klimpern, und sofort ist er ganz Ohr! Es ist zum Verzweifeln!«

Als wir später in Leipzig wohnten, ging Vater jeden Freitagabend zur Motette in die Thomaskirche. Da er noch immer nicht die Hoffnung aufgegeben hatte, mich wenigstens ein bisschen zur Musik zu bekehren, musste ich ihn oft begleiten.

In der Kirche war es ziemlich dunkel, denn am Freitagabend war nur »Probe«, darum wurde wohl an Licht gespart. Nur des Dekorums halber sprach der Pastor nach der Motette ein kurzes Gebet.

Wir setzten uns auf eine der langen Kirchenbänke, meistens zu früh, denn Vater wollte nicht einen Ton versäumen. So sah ich sie denn alle ankommen, die sich an jedem Freitag hier versammelten, um sich den Gesang des Knabenchors anzuhören. Viele Gestalten kannte ich bald vom Ansehen, mit solcher Regelmäßigkeit kamen sie. Sie setzten sich immer auf die gleichen Plätze und blieben dort unbeweglich sitzen in Erwartung des Orgelvorspiels. Es waren seltsame Gestalten darunter, verschollene Figuren, wie ausgelöschte Gesichter, schlecht und gut Gekleidetes nebeneinander, aber kaum Jugend. Fast alles waren alte Leute, und das männliche Element überwog.

Ich erinnere mich noch an einen weißhaarigen Alten, der Sommer wie Winter in einer ganz verschossenen Samtjacke kam, aber Sommer wie Winter steckte eine Blume im Knopfloch dieser Jacke. Ein anderer Alter wurde von zwei greisen Mädchen eher hereingetragen als geführt. Sie setzten ihn auf seinen Platz und verließen dann immer sofort die Kirche. Aus welchen Stuben, aus welchen Lebensformen kamen sie da zusammen, einmal vereint unter Menschen, die das Gleiche wie sie, diese alt gewordenen Einsamen, fühlten!

Dann setzte die Orgel ein, und sofort begann auch meine Angst. Ich sah nichts anderes mehr, ich konnte nichts hören von Orgel und Gesang, ich musste immerzu Vater beobachten. Und richtig, nun war es wieder so weit: Vater weinte! Ich fand es ganz schrecklich, dass Vater weinte. Große blanke Tropfen rollten langsam seitlich seiner Nase herunter und verschwanden im Schnurrbart. Immer, wenn Vater die Motette hörte, musste er weinen. Es war wohl Glück, das ihn weinen machte, es war Freude über dies reine Stück Schönheit, das der Erde noch geblieben ist.

Aber ich dummer Bengel fand es nur beschämend. Ich schämte mich Vaters, dass er so weinte. Ich hatte eine Todesangst, einer meiner Schulgefährten könne in der Kirche sein und könne mich sitzen sehen neben meinem Vater, der weinte! Ich wäre doch vor dem ganzen Gymnasium blamiert gewesen! Es beruhigte mich gar nicht, dass viele so weinten. Ich achtete auch nicht darauf, dass hier niemand die andern beobachtete, ich schämte mich nur und hoffte, es möchte doch bald zu Ende sein. Ich, mit dessen vielen Schwächen Vater eine so unendliche Geduld hatte, war so unduldsam gegen Vater!

Diese Besuche in der Motette nahmen mir den letzten Rest von Aufmerksamkeit für die Musik. Ich fand hundert Ausflüchte, um mich von diesen Freitagwegen zu drücken. Vater sah schließlich auch ein, dass ich unheilbar war, und bat nicht mehr um meine Begleitung. Statt meiner nahm er meinen Bruder Ede mit. Siehe da! Ede hatte sich entwickelt, er war das einzige von Vaters Kindern geworden, das nicht ungern am Klavier saß, das auch einmal mit Vater ein Wort über Musik sprach. Danach sehnte sich Vater bestimmt, er wusste so viel von Musik, und wir andern Kinder wollten nie etwas davon hören. Und nun ging Ede mit Vater in die Motette.

Ich sah es, wir alle sahen es, der kleine, früher etwas ruppige und rüde Ede wurde immer mehr zum Liebling der Eltern. Und seltsam, wir neideten ihm das überhaupt nicht, wir fanden es ganz in der Ordnung. Denn Ede war nicht etwa durch betonte Musterhaftigkeit oder Schmeichelei zu dieser bevorzugten Stellung gekommen, sondern weil er sich genau so gab, wie er war. Und er war anständig und verlässlich. Er war gar kein Musterknabe, ja, er war nicht einmal ein so besonders guter Schüler, aber den Dummheiten, die er machte, fehlte so ganz der Zug Verhängnis und Unbegreiflichkeit, der meinen Torheiten anhaftete. Wenn meine Eltern Ede anschauten, so wussten sie: Er wird seinen Weg machen, man kann ihn ruhig gewähren lassen. Sahen sie aber auf mich, mussten sie denken: Hoffentlich wird mal etwas aus ihm, man wird sehr auf ihn aufpassen müssen.

Vor allem aber hatte nie jemand von uns drei andern Geschwistern das leiseste Neidgefühl auf Ede, weil wir sahen, er merkte seine Vorzugsstellung im Herzen der Eltern gar nicht. Er liebte uns alle so gleichmäßig und stark, dass er nie darauf kam, Liebe könne auch Unterschiede machen. Und wir liebten ihn ebenso wie die Eltern, auch in unsern Herzen nahm er eine Vorzugsstellung ein.

So hatte Vater spät noch einen Gefährten aus der jungen Generation gefunden. Die Schwestern gingen aus dem Haus, auch ich zog ins Weite. Ede blieb bei den Eltern, sie lebten sich ganz auf ihn ein. Vater empfand nicht einmal Betrübnis, als auch Ede schon früh erklärte, er wolle keinesfalls Jurist werden, sondern Arzt. Wenn Ede so

sprach, war es in Ordnung, denn Ede wusste, was er wollte, ich aber wollte alle Tage etwas anderes. So wurde Ede die große Hoffnung der ganzen Familie. Ede war Vaters und Mutters Stolz ...

Dann kam der Weltkrieg, und Ede meldete sich, kaum dass er siebzehn geworden war, freiwillig. Er hat den ganzen Krieg an der Westfront mitgemacht, immer im flandrischen Dreck, immer im Grabenkrieg. Selten kam er auf Urlaub. Dann zeigten sich die Eltern voller Stolz mit ihrem jungen Offizier, voller Stolz und Bangen, denn die Verlustziffer der Regimenter in jenem Abschnitt war sehr hoch. Aber davon sprach Ede nicht, er sprach überhaupt nicht von draußen. Am liebsten erzählte er von der Zukunft. Er hatte während eines Urlaubs sein Notabitur gebaut, und später kam irgendeine Bestimmung, nach der er sich schon immatrikulieren lassen konnte. Er ging zur Universität und ließ sich bei der medizinischen Fakultät einschreiben. Es war sein glücklichster Tag im ganzen Krieg. Er führte seine Eltern zu einem kleinen Essen in ein Weinrestaurant, und wenn das Essen auch nur dürftig war, seine Stimmung war so übermütig, dass er die bekümmerten, vom Krieg alt und grau gewordenen Eltern mitriss. Er spielte den Arzt, er hatte es schon geschafft, er war ein großer, berühmter Arzt geworden. Er ließ sich von Vater konsultieren. Er produzierte den blühendsten Blödsinn über Gallenleiden, erlaubte Vater sofort die längst verbotene lange Pfeife und versprach ihm neunundneunzig Lebensjahre. Er riss die Eltern so mit sich, dass auch sie daran glaubten, dass sie für gewiss ansahen, was er vor ihnen fabulierte, dass sie den Krieg im Schützengraben und das Trommelfeuer vergaßen, mit der langen, langen Todesangst um diesen Sohn.

Dann fuhr er wieder hinaus. Ich brachte ihn zur Bahn. Je mehr wir uns dem Bahnhof näherten, umso stiller wurde er. Da war schon der Urlauberzug, hässlich, verdreckt, heruntergekommen, wie damals 1918 alles aussah. Er nahm kurzen Abschied, saß dann still im Abteil, ohne den Kopf nach mir zu wenden. Vielleicht dachte er, ich sei schon gegangen. Ich sehe ihn da sitzen, eigentlich noch blutjung, einundzwanzig Jahre alt, und den vollen jugendlichen Mund, der doch schon fest geschlossen ist, mit dem kleinen bitteren Falten der Enttäuschung im Winkel.

Plötzlich steht er auf, geht ans Fenster, sieht mich an, ernst. Dann sagt er: »Wenn etwas passiert – mit mir, denke daran, dass du den Eltern Freude machst, Hans. Denke daran!«

Der Zug fährt, er sieht mich fest an. Ohne Zittern und Zagen. Keiner von uns hat ihn je wiedergesehen. Er war der liebste Bruder, er war aber auch der anständigste Mann, den ich in meinem Leben getroffen habe. Die Eltern haben seinen Verlust nie verwunden ...

Aber das alles war viel, viel später. Damals schien bei uns noch die Sonne. Wir waren noch Kinder, und wenn jetzt die Sonne nicht mehr scheint, so wird bald die winterliche Dunkelheit durch den Weihnachtsbaum erhellt werden. Überall, wo Kinder sind, ist das Weihnachtsfest schön, ich finde natürlich, zu Haus bei uns war es am allerschönsten! Das Hauptverdienst daran trägt sicher der Vater, er hatte eine so liebenswürdig geheimnisvolle Art, unsere Erwartung zu steigern, uns ein bisschen zu foppen und zu necken.

In Berlin halten die Weihnachtsbäume zeitig ihren Einzug auf Straßen und Plätzen. Dann fangen wir Kinder an, Vater zu drängen, dass er auch einen Baum besorgt. Zuerst verschanzt sich Vater dahinter, dass das überhaupt nicht seine Sache sei, sondern die des Weihnachtsmanns. Natürlich kommt er damit bei uns nicht mehr durch, selbst Ede glaubt nicht mehr an diese Figur, seit beim letzten Fest Herrn Markuleits, unseres Portiers, Schuhe unter Vaters umgedrehtem Gehpelz erkannt wurden. Nein, Vater soll machen und einen Baum kaufen. Auf dem Winterfeldtplatz gab es die schönsten.

Schließlich versprach Vater, sich umzusehen, in diesen Tagen habe er aber noch nicht recht Zeit dafür. Doch wir ließen nicht nach mit Drängen. Schließlich ging Vater, und wir alle erwarteten seine Rückkehr mit Spannung. Natürlich kam er leer zurück. Das hatten wir auch nicht anders erwartet, denn Vater kaufte nie etwas sofort. Er erkundigte sich erst überall, wo er es am billigsten bekäme. Aber Vater kam auch recht niedergedrückt heim: Die Weihnachtsbäume waren in diesem Jahre unerschwinglich teuer! Er hatte uns doch recht verstanden, wir wollten wieder einen Baum vom Fußboden bis zur Decke –? Nun also, so etwas hatte er sich schon gedacht, aber solche Bäume gab es nicht unter neun Mark, und mehr als fünf wolle er keinesfalls anlegen ... Wenn wir uns freilich mit einem auf den Tisch gestellten Bäumlein begnügen wollten –?

Wir schrien Protest. Es gelang dem Vater immer wieder, unsere Leidenschaft und unsern Zweifel zu erregen, obwohl sich alljährlich das gleiche Spiel wiederholte. Wir wussten ja, dass Vater wirklich sehr sparsam war, es war ja möglich, dass Weihnachtsbäume in diesem Jahre besonders teuer waren!

Von nun an kam Vater fast alltäglich mit neuen Geschichten über Weihnachtsbäume heim. Und diese Geschichten klangen so echt mit ihren drastischen Berolinismen, dass wir immer sicherer wurden, Vater war wirklich auf der Suche nach einem Tannenbaum, hatte aber noch keinen gefunden.

Er erzählte uns, wie er am Viktoria-Luise-Platz beinahe, beinahe einen herrlichen Baum gekauft hatte, als er im letzten Augenblick merkte, dass die meisten seiner Zweige nicht an ihm gewachsen, sondern in eingebohrte Löcher gesteckt waren. Vater berichtete von windschiefen Tannenbäumen und von solchen, die jetzt schon na-

delten, und von krummen Bäumen. Am Bayrischen Platz hatte Vater einen Baum fast schon gekauft, er und der Händler waren nur noch um fünfundzwanzig Pfennige auseinander, da war ein Wagen vorgefahren, eine Damenstimme hatte gerufen: »Den Baum will ich!«, und fast aus Vaters Händen wurde der Baum zum Wagen getragen. Vater tat sehr geheimnisvoll wegen der Käuferin. Er ließ es für möglich erscheinen, dass es vielleicht eine Prinzessin vom kaiserlichen Hof gewesen sei oder auch eine Hofdame, und er stellte uns vor, dass nun vielleicht des Kronprinzen Kinder mit »unserer Tanne« Weihnachten feierten!

Das versetzte unserer Fantasie einen Schwung, aber es verhalf uns immer noch nicht zu einer Tanne. Und das Fest zog näher und näher. Unser Drängen wurde heftiger. Aber nun wurde Vater plötzlich gleichmütig: Er habe diese ewige Lauferei nach Tannenbäumen satt, sie würden auch noch immer teurer. Nein, nun werde er bis zum 24. Dezember warten, wenige Stunden vor dem Heiligen Abend gingen die Händler immer mit ihren Preisen herunter, um den Rest loszuwerden. Freilich riskiere man, dass dann alles fort sei, aber er, Vater, nehme lieber ein solches Risiko in Kauf, als dass er Wucherpreise zahle.

Wenn Vater so redete, schielte ich immer nach den Fältchen um seine Augen. Sie waren im Allgemeinen sichere Anzeiger für Ernst oder Scherz. Aber Vater wusste selbst sehr gut, dass solche Anzeiger in seinem Gesicht saßen, beherrschte oder verbarg sie – kurz, er brachte uns alle in Unsicherheit. Wir suchten die ganze Wohnung ab, wir stiegen auf den Boden und in den Keller, wir fanden keine Tanne, wir verzweifelten.

(Einmal ist es mir bei einer solchen Nachsuche geschehen, dass ich auf Mutters Versteck stieß, in dem sie alle unsere Weihnachtsgeschenke verheimlichte. Ich konnte meiner Neugierde nicht widerstehen und sah sie alle an. Ich habe nie ein kläglicheres, freudloseres Weihnachtsfest als dies erlebt. Ich musste noch Freude und Überraschung heucheln, und dabei war mir zum Heulen zumute! Von da an habe ich in der Weihnachtszeit meine Augen hartnäckig von jedem Paket, es mochte das harmloseste sein, fortgewendet.)

Also war es ausgemacht und beschlossen, Vater würde den Baum erst wenige Stunden vor der Bescherung kaufen. Wir waren von Angst erfüllt. Mit Kummer sahen wir die Bestände an Weihnachtsbäumen dahinschwinden, wir flehten Vater an, aber Vater schien unerbittlich.

Dafür hatte er ein neues Spiel erfunden, er ließ uns unsere Geschenke raten. Jeder bekam ein Rätsel auf, wie dieses: »Es ist rund und aus Holz. Aber es ist auch eckig und aus Metall. Es ist neu und doch über tausend Jahre alt. Es ist leicht und doch schwer. Das bekommst du zu Weihnachten, Hans!«

Da konnte man lange raten! Mutter zwar schrie manchmal Weh und Ach. »Das ist zu leicht, Vater. Das muss er ja raten! Du nimmst ihm ja die Vorfreude!«

Aber Vater war seiner Sache sicher, und ich erinnere mich wirklich nicht eines einzigen Males, dass ich ein Geschenk erraten hätte.

Unter all diesen Vorbereitungen nahte das Fest. Am 24. Dezember stand Vater ungewohnt früh auf und zog sich mit Mutter ins Weihnachtszimmer, wie nun sein Arbeitszimmer hieß, zurück. Über Weihnachten ruhte alle Arbeit bei ihm. Da wollte er seine Familie ganz für sich haben. Für alle Fälle versuchten wir die Schlüssellöcher, trotzdem wir Vaters Vorsicht kannten: Er verhängte sie immer zuerst. Geheimnisvoll verdeckte Gegenstände wurden durch die Wohnung getragen. Alle lächelten, sogar die meist brummige Minna.

Der Vormittag ging für uns Kinder noch so einigermaßen hin. Meist waren wir mit unsern Geschenken für Eltern und Geschwister noch nicht fertig. Mit Eifer wurde laubgesägt, kerbgeschnitzt, spruchgebrannt, gehäkelt und gestickt und was es da alles sonst noch für Beschäftigungen gab, durch die man in damaligen Zeiten die Wohnungen immer mit Scheuel und Greuel anfüllte.

Zum Mittagessen gab es immer Rindfleisch mit Brühkartoffeln. Mutter vertrat den Standpunkt, dass wir uns noch früh genug den Magen verderben würden und vorher nicht einfach genug essen könnten. Nach dem Essen aber stieg unsere Spannung so sehr, dass wir eine Pest wurden, aus lauter Kribbligkeit und Erwartung brachen ständig Streitigkeiten zwischen uns aus. Schließlich jagte uns Vater auf die Straße mit dem Machtwort, nicht vor sechs Uhr nach Haus zu kommen, eher fange die Bescherung doch nicht an.

Meist trennten wir vier Geschwister uns sofort, wenn wir auf die Straße kamen. Die Schwestern gingen für sich, und ich machte mich mit Ede auf, um die schon hundertmal besichtigten Schaufenster der Spielwarenläden noch einmal anzusehen. Da stellten wir dann fest, was mittlerweile aus den Schaufenstern genommen war, und machten Pläne für das, was wir uns zum nächsten Weihnachtsfest wünschen wollten. Aber die Zeit wurde uns sehr lang, es schien überhaupt nicht dunkel werden zu wollen, und sonst kam die Dämmerung immer so schnell!

Wir gingen und gingen, aber die Zeit verging nicht. Dann kamen wir auf das Spiel, auf den Granitplatten des Bürgersteigs so zu gehen, dass nie auf eine Ritze getreten wurde. Auch durfte man auf jeden Stein nur einmal treten. Gelang es, so bis zur nächsten Straßenecke zu kommen, so wurde ein Lieblingswunsch erfüllt. Dies war also unser Orakel, und es war gar nicht so leicht! Denn manche Steine waren für unsere Kinderbeine sehr breit, auch verlangten entgegenkommende Erwachsene, dass wir ihnen den Weg frei machten, und neben den Granitplatten lag Kleinpflaster – dann ade, Lieblingswunsch!

Schließlich war es doch dämmrig geworden. Wir warteten so lange, bis in irgendeinem Fenster der erste Baum brannte, dann stürzten wir nach Haus mit dem Geschrei: »Die Weihnachtsbäume brennen schon überall! Warum geht's denn bei uns noch nicht los?!«

Meist waren die Schwestern kurz vor uns eingetroffen oder kamen gleich hinterher, und meist waren die Eltern dann auch so weit, und wir brauchten nicht länger am Spieße zu zappeln, wie Vater das nannte.

Ich erinnere mich aber auch, dass ich einmal direkt vor der Bescherung noch zu einem Kaufmann in die Martin-Luther-Straße geschickt wurde, um Tomatenmark einzukaufen. Tomatenmark, oder wie man damals noch sagte: Tomatenpüree, war zu jener Zeit noch eine teure Sache. Es wurde in kurzen, gedrungenen Flaschen verkauft, und die Flasche kostete eine Mark.

Ich bekam also eine Mark in die Hand gedrückt und zog los. Es war ein schneidend kalter Wintertag, und ich war schon von dem vorhergehenden Straßenlaufen ganz durchkältet, so lief ich, so rasch ich nur konnte, zum Kaufmann. Meine Hände waren starr, und die Flasche in ihnen, mit der ich aus dem Laden trat, schien sie noch mehr zu durchkälten. Ich klemmte sie also unter den Arm, steckte die Hände in die Manteltaschen und machte, dass ich nach Haus kam. Kurz vor dem Ziel aber geschah das Unglück: Die Flasche glitt unter meinem Arm hervor, »klax!« machte sie, und ein blutroter Fleck breitete sich rasch auf dem Schnee aus. Ich stand angedonnert davor ... Nun waren die Eltern gar nicht »so«, ein derartiger Unglücksfall hätte mir nicht mehr als einen leichten Vorwurf und die Mahnung, doch endlich etwas besser aufzupassen, eingetragen. Aber die Festvorfreude, die Ungeduld, schnell zur Bescherung zu kommen, oder auch der Frost in allen Gliedern – ich bin immer ein Frostpeter gewesen – müssen mich völlig verwirrt haben. Ich stand wie gelähmt vor dem roten Fleck im Schnee, bohrte die Knöchel in die Augen und fing jämmerlich an zu weinen.

Trotzdem es in dieser Stunde vor der Bescherung eigentlich alle eilig hatten, sammelte sich bald ein kleiner Kreis um mich, denn zuzusehen hat der Berliner immer Zeit. Vom milden Trost bis zur urwüchsigen Veräppelung fehlte mir bald nichts. Ich erinnere mich noch, dass mir ein besonders hartnäckiger Witzbold immer wieder die Hand auf den Kopf legte und mich zwingen wollte, das Zeug aufzulecken: »Freut sich Mutta doch, det de's wenigstens im Bauche hast!«

Wäre ich nicht so eng umstanden gewesen, hätte ich mich längst auf die Beine gemacht, aber so erschien die Situation ziemlich hoffnungslos.

Plötzlich fragte eine etwas schleppende Stimme: »Was heulste, Junge?«

Ein Mann drängte sich in den Kreis. Ich sah hoch und erkannte ihn, mein geheimes Idol! Er besah den roten Tümpel. »Tomatenpüree, was?«, fragte er militärisch kurz. Ich nickte nur. »Kostet wieviel?« Ich schluchzte: »Eine Mark!«

»Hier hast 'ne Mark, Jung«, sagte er. »Weil heute Weihnachten ist. Lass die Pulle aber nicht noch mal fallen!«

Und damit machte er nur den Weg frei, und ich schoss wie ein Pfeil, noch immer etwas schluchzend, in die Martin-Luther-Straße.

Der Gedanke, dass mir grade mein geheimes Idol diese Mark geschenkt hatte, machte mich so glücklich, dass darüber im Augenblick sogar die Festfreude zurücktrat. Ich liebte diesen Mann schon lange aus der Ferne, ich bewunderte ihn, trotzdem er zweifelsfrei ein Mann und kein Herr war, ein Unterschied, den wir Kinder sehr genau machen lernten. Er musste in einem der Häuser in unserer Nähe wohnen, und wenn wir auf der Straße spielten, sah ich ihn im Sommer wie im Winter zwischen fünf und sechs Uhr vorübergehen. Dann sah ich ihn so lange an, wie es nur irgend ging.

Er trug eine Uniform, er war aber bestimmt nichts Militärisches, wahrscheinlich eher ein städtischer Beamter. Er ging ganz grade, den Kopf etwas im Nacken, und die Augen in dem fahlen Gesicht halb geschlossen. Mit diesen halb geschlossenen Augen und einer Miene gleichgültiger Kennerschaft musterte er alle vorübergehenden Mädchen und Frauen, und trotzdem ich noch ein völliges Kind war, merkte ich doch, dass dieses Mustern auf viele einen Eindruck machte. Sie drehten sich oft nach ihm um, er sich aber nie. Ich habe ihn auch nie mit einem weiblichen Wesen gesehen, er ging immer allein. Er wird wohl einer jener gewissenlosen Frauenjäger gewesen sein, die nur im Dunkeln auf Beute ausgehen, ein wahres Ekel.

Aber damals war er mein Idol, und zwar vor allem wegen seiner Kopfhaltung und der halb geschlossenen Lider. Zu einer gewissen Zeit war meine Bewunderung für ihn so sehr gestiegen, dass ich mir vor dem Spiegel diese Kopfhaltung und diesen Blick einübte. Das hatte seine gewissen Schwierigkeiten, denn wenn ich die Lider wirklich halb schloss, konnte ich mich im Spiegel nicht recht erkennen. Aber schließlich war ich mit dem Ergebnis meiner Übungen zufrieden und beschloss, damit vor ein größeres Publikum zu gehen.

Im Hause verbot sich das, Vater hielt etwas auf grade Haltung und offenen Blick. Auch ist die Familie ein schlechtes Publikum für außergewöhnliche Leistungen: Der Prophet gilt nichts in seinem Vaterlande.

Also ging ich auf die Straße und promenierte dort auf und ab in eben jener einstudierten Haltung: Den Kopf zurückgelehnt und die Augen halb geschlossen, die Hände aber hatte ich auf den Rücken gelegt und stolzierte so auf und ab. Ich erregte nicht ganz das Aufsehen, das ich erwartet hatte. So verstärkte ich meine zuerst nur schüchtern angenommene Pose zur vollen Wirkung – und plötzlich schlug ein Herr auf meine Schulter: »Junge, schlaf nur nicht auf der Straße ein!«, schrie er. »Mach gefälligst die Augen auf!«

Es war eine bittere Enttäuschung, und mit einem Schlage gab ich alle Versuche auf, ebenso dämonisch zu wirken wie jener Uniformierte. Aber meiner Verehrung für ihn tat dies keinen Eintrag, im Gegenteil, sie wurde eher noch glühender. Man kann sich danach denken, mit welchem Glück es mich erfüllte, dass grade mein Idol mir eine Mark geschenkt hatte. Ich flog wie von Engelfittichen getragen fort und heim. Ich nehme an, diesmal habe ich das Tomatenmark heil nach Haus gebracht, und die Bescherung konnte ihren Anfang nehmen.

Für die letzte Viertelstunde scheuchte Vater auch noch Mutter aus dem Weihnachtszimmer. Er baute ihr noch rasch seine Geschenke auf, auch war es sein eifersüchtig verteidigtes Vorrecht, die Lichter am Baum zu entzünden. In fliegender Hast warf Mutter sich in Gala, wobei sie noch uns auf Sauberkeit und Ordnung prüfte.

Nun versammelten wir uns schon alle erwartungsvoll auf dem Flur, die Herzen schlugen schneller, die Hoffnungen wurden immer ausschweifender. Ich ertappe mich dabei, dass ich vor lauter Aufregung die Fäuste fest geballt habe und immerzu vor mich hin flüstere: »Au Backe! Au Backe! Au Backe!« Auch Edes Lippen bewegten sich stumm, ich weiß schon, er sagt sich noch einmal das Weihnachtsgedicht auf, das er gleich wird deklamieren müssen ... Nun, in diesem spannendsten Moment, werde ich von der Mutter in die Küche geschickt, um die alte Minna zur Eile anzutreiben. Christa ist längst hier ...

Minna ist noch beim Haarmachen. Ihr dunkles spärliches Haar steht in lauter kurzen Mäuseschwänzchen steil vom Kopfe ab. Jedes Schwänzchen wird sorgfältig mit Ochsenpfotenfett, einer Stangenpomade, eingerieben. Ich flehe Minna an, sich zu beeilen, obwohl ich aus Erfahrung weiß, dass jedes Hetzen bei Minna nur die Wirkung hat, sie noch zu verlangsamen, und kehre zu Mutter zurück, um ihr Bericht zu erstatten. Mutter entscheidet, dass wir auf Minna warten müssen. Aus dem Bescherungszimmer klingt eine raue Stimme: »Seid ihr auch alle artig?«

Wir brüllen begeistert: »Ja!«

Die Stimme fragt weiter: »Habt ihr euch auch alle die Zähne geputzt?«

Wir brüllen ebenso begeistert: »Nein!«

Und die Stimme fragt zum dritten Male: »Seid ihr denn auch alle fertig?«

Wir brüllen eiligst wieder ein »Ja!«, aber Mutter fügt hastig hinzu: »Wir müssen noch auf Minna warten!«

»Na, denn wartet man!«, ruft die Stimme, und hinter der Tür wird es wieder still.

Aber der Geruch von brennenden Kerzen und Tannennadeln hat sich doch auf dem Flur verbreitet. Unsere Aufregung kann nun nicht mehr höher steigen. Ich tanze auf einem Bein wie ein Irrwisch umher, Ede sieht bleich vor Aufregung aus. Plötzlich geht er, fast finster vor Entschlossenheit, auf Christa zu, nimmt ihre Hand und küsst sie!

Christa wird puterrot und reißt ihm ihre Hand fort. Wir andern brechen in ein verblüfftes Lachen aus.

»Warum hast du das denn bloß gemacht, Ede?«, ruft Mutter verwundert.

»Nur so!«, antwortet er ohne alle Verlegenheit. »Irgendetwas muss man doch tun, und mir war grade so! Man wird ja verrückt vor lauter Warten!«

Nach diesen abgerissen hervorgestoßenen Sätzchen stellt er sich neben mich und haut mich mit der geballten Faust auf den Bizeps. Alle Vorbedingungen für die schönste Keilerei sind gegeben, aber ...

Aber da erscheint endlich Minna! Ich finde, ihr glatt an den Schädel geschmiertes Haar sieht nicht anders aus als sonst, darum hätte sie uns wirklich nicht so lange warten lassen müssen!

Mutter ruft: »Vater, wir sind so weit!«, und fast augenblicklich ertönt das silberne Bimmeln eines kleinen Glöckchens. Sofort nehmen wir Aufstellung, und zwar ist nach dem Alter anzutreten, was auch genau der Größe entspricht. Wir stehen hintereinander wie die Orgelpfeifen, nur die zu kurz geratene Minna zwischen Christa und der Mutter stört …

Die Tür zum Bescherungszimmer fliegt auf, eine strahlende Helligkeit begrüßt uns. Geführt von Ede rücken wir im Gänsemarsch ein. Vater, am Flügel sitzend, sieht uns mit einem glücklichen Lächeln entgegen.

Nach geheiligtem Gesetz dürfen wir weder rechts noch links schauen, wir haben schnurstracks auf den Baum loszumarschieren und vor ihm Aufstellung zu nehmen, nach dem Satz: Erst kommt die Pflicht, dann das Vergnügen. Die Pflichterfüllung aber besteht darin, dass Vater nach einem kurzen Vorspiel das Lied »Stille Nacht, heilige Nacht« spielt, nun setzen wir ein, und es wird gesungen. Das heißt, wir sind natürlich nicht wir, ich brumme nur so mit, und auch das gebe ich gleich wieder auf: Die klettern ja auf alle Gipfel!

Unterdes mustere ich den Baum. Jawohl, es ist doch wieder ein Weihnachtsbaum geworden, wie er sein soll, vom Fußboden bis zur Decke. Vater hat uns also doch wieder reingelegt, denn diesen Baum hat er bestimmt nicht erst in der letzten Stunde gekauft! Wo er ihn nur so lange versteckt haben mag?! Im nächsten Jahre falle ich aber bestimmt nicht wieder darauf rein!

Der Baum trägt all den bunten Schmuck, den wir seit unsern frühesten Kindertagen kennen, Gold und Silber, bunte Papierketten, allerlei geometrische Figuren in Rhombengestalt, Vielecke, bei denen jede Seite anders bunt ist, Erzeugnisse unserer Pappklebereien an langen Winterabenden. Dazu uralter wächserner Schmuck noch aus Vaters Elternhaus, zart bemalte Engelchen und vor allem ein Kanarienvogel in grünem Ring, den Mutter jedes Jahr von Neuem verbannt wissen will, denn es fehlt ihm die ganze Hinterfront. Aber Vater besteht mit uns Kindern auf seiner Anwesenheit, er gehört zu unsern Weihnachten. Dazu aber trägt der Baum in Fülle bunte Zuckerringe und Brezeln, schwarze Schokoladenfiguren, vergoldete

Nüsse. Siehe da, nichts ist vergessen, auch die traditionellen Knallbonbons entdecke ich, mit denen wir bei der Baumplünderung Silvesterabend das neue Jahr einschießen werden!

Der Gesang ist beendet, Vater tritt in unsern Kreis und sagt ermunternd: »Nun los, Ede, nur Mut!«

Und Ede fängt nach kurzem Räuspern an, sein Weihnachtsgedicht aufzusagen. Es dauert nicht lange, und nun bin ich daran. Mein Teil ist die Weihnachtsgeschichte: »Es begab sich aber zu der Zeit, dass ein Gebot von dem Kaiser Augustus ausging, dass alle Welt geschätzet würde ...« Ich weiß eigentlich gar nicht, wieso gerade ich immer dazu kam, an der Weihnachtsgeschichte kleben zu bleiben, die andern hatten es mit ihren kürzeren Verschen viel bequemer. Die Annahme, dass meine Eltern schon damals erkannt hatten, ich eigne mich mehr für Prosa als für Lyrik, scheint mir doch etwas gewagt.

Ich erledigte meine Geschichte glatt, und nun sind die Schwestern dran. Gottlob gibt es auch bei ihnen keine Schwierigkeiten. Einmal nämlich war Fiete zu faul gewesen, ein Weihnachtsgedicht zu lernen, und hatte einfach das letzte in der Schule gelernte Gedicht als Ersatz geliefert. Es war das schöne bürgersche »Lenore fuhr ums Morgenrot«, worunter ich mir damals Lenore auf dem Wagen des Sonnengottes um das Morgenrot herumfahrend dachte. Aber so schön dies Gedicht auch sein mochte, es hatte einige Erregung, Tränen, Verzögerung der Bescherung gegeben ... Gottlob war Heiliger Abend, an dem alles verziehen und vergeben wird!

Während die Schwestern aufsagen, schiele ich doch schon nach den Tischen. Ich möchte doch wenigstens sehen, wo mein Tisch steht, damit ich ihn nachher gleich finde. Im vorigen Jahr stand er beim Ofen. Aber beim ersten Umherschauen blendet mich eine solche Fülle von weißen Tischtüchern, Kerzchen, Bücherreihen, bunt lackiertem Zeug auf jedem Tisch, dass ich überhaupt keine Einzelheiten sehe. Und schon ist Vater hinter mir, dreht meinen Kopf wieder zum Baum und flüstert: »Willst du wohl mal nicht schielen! Alle Geschenke fliegen fort, wenn du schielst!«

Das glaubte ich nun freilich nicht mehr, aber es schien mir doch weise, Vaters Aufforderung zu folgen.

Gottlob ist Itzenplitz jetzt endlich auch fertig. Was hat sie eigentlich aufgesagt? Ich habe kein Wort gehört! Nun gehen wir bei allen umher, allen wünschen wir ein fröhliches Weihnachtsfest, von den Eltern bekommen wir einen Kuss, und nun ertönt endlich, endlich, endlich der Ruf: »Und jetzt sucht sich jeder seinen Tisch!«

Einen Augenblick Verwirrung, Durcheinanderlaufen – und Stille! Tiefe Stille!

Jeder steht fast atemlos vor seinem Tisch. Noch wird nichts angefasst, nur geschaut. Also, da ist er nun wirklich, der lang ersehnte Anker-Brückenbaukasten. Endlich werde ich Cäsar seine Brücke über den Rhein schlagen lassen können. Und da steht Hagenbecks »Leben mit meinen Tieren«. Und daneben, wahrhaftig, ein Nansen, mein erster Nansen! Gott, ich werde zu lesen haben in diesen Weihnachtstagen ... Und da, in runden Holzschachteln, römische Legionen, Germanen und wirklich auch griechische Streitwagen! Ich werde eine Schlacht schlagen können –! Ich atme tief auf! Gott, ist das alles schön! Sie sind alle so gut zu mir, und ich bin oft so ruppig! Aber von jetzt an wird alles ganz anders werden, ich will ihnen nur noch Freude machen! Und aufgeregt fange ich an, die Bleisoldaten Schicht für Schicht aus den Schachteln zu nehmen ...

Die Stille im Bescherungszimmer ist einem freudigen Lärm gewichen, überall wird gezeigt, gerufen ... Schon wird hin und her gelaufen, die Schwestern haben einen ersten Überblick gewonnen und sind nun neugierig ... Vater und Mutter lassen sich bald an diesem, bald an jenem Tische sehen. Mutter besteht darauf, dass wir auch das »Nützliche« würdigen: neue Unterhosen oder einen Anzug. Aber das Nützliche ist uns egal, Unterhosen hätten wir sowieso haben müssen, Unterhosen sind nicht Weihnachten, aber Bleisoldaten sind es! Ein bunter Teller ist es, der überquillt von Süßigkeiten. Mit scharfem Blick mustere ich die Anzahl der Apfelsinen und Mandarinen auf dem Teller. Es sind beruhigend wenig, die Hauptsache besteht aus guter solider Leckerei zum Magenverderben. Und als Reserve ist da immer noch der Weihnachtsbaum mit seinem Behang. Es ist zwar verboten, an seine Süßigkeiten vor

Silvester, vor der Plünderung, zu gehen, aber jedes Stück kennt Vater doch nicht, und in der Weihnachtszeit sind alle Verbote gelockert.

Das Ergebnis war regelmäßig, da die Geschwister ebenso dachten, dass am Silvesterabend die Vorderseite des Baums einen freilich nur spärlichen Paradebehang aufwies. Die Rückseite aber war ratzekahl. Worüber sich Vater ebenso regelmäßig ärgerte, aber nur mäßig, nur weihnachtlich.

Plötzlich tönt ein verzweifeltes Schluchzen durch den Raum. Wir alle fahren hoch und starren. Es ist Christa, die zum ersten Mal das Weihnachtsfest fern dem elterlichen Haus verlebt. Der Kummer und die Freude im Verein haben sie überwältigt …

»Ach, ich bin ja so unglücklich! Ach, wenn ich doch zu Haus sein könnte! Ach, Frau Rat, Sie meinen es ja so gut, und die Nachthemden sind viel zu schön für mich, aber wenn ich sie doch nur für fünf Minuten meiner Mutter zeigen könnte! Ach, ich habe ja alles gar nicht verdient! Nein, ich habe es nicht, Frau Rat! Den Soßenrest in der letzten Woche, den Frau Rat so gesucht hat, den habe ich genascht! Und zwei Kalbsbratenscheiben habe ich auch gegessen! Aber sonst nichts, sonst bestimmt nichts! Und nun soll ich wirklich das schöne Nachthemd anziehen – nein, ich bin ja so unglücklich!«

Das Schluchzen verlor sich in der Ferne, Mutter führte die Gebrochene in stillere, für Beichten geeignetere Räume ab.

Haben wir nun alles gesehen? Können wir nun anfangen mit Spielen und Naschen und Lesen? Nein, denn nun fängt die Bescherung noch einmal an! Wir haben ja so viele Tanten und Onkel: Was die sich zum Weihnachtsfest für uns ausgedacht haben, liegt noch säuberlich verpackt in Paketen, wie sie der Postbote brachte, unter Vaters Schreibtisch. Wir versammeln uns um Vater, auch Mutter ist wieder da, die Mädchen sind in der Küche und legen die letzte Hand an das Abendessen, es fängt nun an die Bescherung nach der Bescherung, die Festfreude in der Festfreude.

Aber das geht nicht so schnell, denn bei Vater muss alles ordentlich zugehen, mit Bedächtigkeit. Er nimmt das erste Paket, er verkündet:

»Von Tante Hermine und Onkel Peter«, und vorsichtig fängt er an, den Bindfaden aufzuknoten. In diesem Hause darf nie ein Bindfaden aufgeschnitten werden, alles wird verknüppert, und sei es aus noch so vielen Enden gestückt, mit dicken Knoten verunziert. Zappelig sehen wir Kinder zu. Der Knoten will ja gar nicht aufgehen. Aber Vater hat die Ruhe, wenn wir sie nicht haben. Kunstvoll schlingt er jetzt aus dem abgelösten Bindfaden ein Gebilde, das wir den »Rettungsring« nennen. »Ede, den Bindfadenkasten«, ruft Vater, und Ede trägt ihn herzu. Der Rettungsring wird zu andern schon gesammelten gelegt, bereit zur nächsten Benutzung. Das Packpapier wird methodisch zusammengelegt – und der darunter sichtbare Karton ist noch einmal verschnürt!

Wir Kinder verzweifeln fast vor Ungeduld. Nochmaliges Knüppern und Zusammenrollen. Nun aber wird der Deckel vom Karton abgenommen – und auf dem weißen alles verhüllenden Seidenpapier liegt der Weihnachtsbrief.

Ein nochmaliger langer Aufenthalt, erst wird der Brief vorgelesen, ehe das Paket ausgepackt wird. Und manche Briefe sind sehr lang, fast ebenso lang wie langweilig, finden wenigstens wir Kinder.

Aber endlich ist es dann so weit. Es wird ausgepackt, es wird verteilt. Die einen freuen sich, die andern versuchen, ihre Enttäuschung zu verbergen. Es ist oft nicht leicht für die Onkel und Tanten, das Rechte zu treffen. Die uns länger nicht besucht haben, halten uns noch für die reinen Babys, sie haben keine Ahnung, wie wir zugenommen haben an Weisheit und Verstand ...

Der leere Karton wird beiseitegesetzt, die Geschenke zu den Tischen getragen, und nun kommt ein neuer Karton an die Reihe. »Von Onkel Albert!«, verkündet der Vater.

So geht es langsam durch zehn oder zwölf Pakete, unsere Geduld wird auf eine harte Probe gestellt. Aber vielleicht ist es grade das, was Vater mit dieser übertriebenen Langsamkeit erreichen will: Wir sollen warten lernen. »Kinder dürfen nicht gierig sein!« Dies war ein Fundamentalsatz unserer Erziehung. (Ich dachte damals oft, wenn ich ihn hörte: also dürfen die großen Leute gierig sein? Die haben's aber gut!) »Sei bloß nicht so gierig«, diese Mahnung ist mir hundert-, tausendmal in meiner Jugend zugerufen worden. Aber die Gierigste von uns allen war unbestreitbar unsere Schwester Fiete. Vor allem konnte sie sich nie vor Kuchen und süßen Speisen bezähmen. Wenn Mutter sie auf irgendeinen Besuch mitnahm, so gierte Fiete ewig nach dem Kuchen, und wenn sie nicht reden durfte, so bettelten ihre Augen so deutlich, dass sich jede Gastgeberin ihrer erbarmte.

Mutter war ganz verzweifelt darüber und beschloss, dass endlich ein Exempel statuiert werden müsse. Das Gieren müsse ein Ende nehmen. Also verabredete sie mit der nächsten Gastgeberin, bei der sie mit Fiete auftauchen wollte, dass Fiete unter keinen Umständen ein Stück Kuchen haben sollte. Sie müsse einsehen lernen, dass es auch einmal so gehe.

Auf dem Hinweg wurde Fiete wiederum eingeschärft, dass sie nicht betteln dürfe, keine Blicke zu werfen habe, dass sie ruhig sitzen solle, kurzum, dass sie musterhaft artig zu sein habe.

Es ging alles auch wunderbar, Fiete bekam keinen Kuchen und gierte doch nicht. Man stand auf, man sagte einander Lebewohl, man stand schon an der Tür, da machte Fiete kehrt, lief an den Kaffeetisch, pflanzte alle fünf Finger in die Torte und rief: »Adieu, Kuchen!« So viel über das Abgewöhnen kindlichen Gierens.

Schließlich ging auch das Paketeauspacken zu Ende. Unsere Tische konnten schon alle Geschenke nicht mehr fassen, sie wurden schon daruntergesetzt, und ganz ehrlich seufzte ich einmal: »Es ist ja alles viel zu viel!« Meine Eltern seufzten auch und dachten dasselbe. Es kam eben durch die ausgebreitete, geschenkfreudige Verwandtschaft. Die Eltern waren gar nicht für die übertriebene Schenkerei, sie hielten sich in ganz bestimmten Grenzen. Für jedes Kind hatte Vater eine Summe ausgeworfen, die Mutter bei ihren Einkäufen nicht überschreiten sollte, darauf sah Vater sehr.

Diese kleine Pedanterie Vaters hat einmal meinem Bruder Ede und mir ein ganzes Weihnachtsfest verdorben. Das kam so: Ich hatte mich dem Drama zugewendet und hatte mir ein Puppentheater gewünscht, mit der Dekoration zum Freischütz. Schon lange, ehe Weihnachten war, hatte ich mir ausgedacht, wie wunderbar ich die

Wolfsschlucht ausstatten wollte. Der Mond sollte transparent gemacht werden und mittels einer hinter ihm angebrachten Kerze richtig scheinen, auch war bereits im Voraus Magnesium für Blitze beschafft. Ede hatte sich Bleifiguren zum Robinson Crusoe gewünscht.

Schon beim Aufsagen der Gedichte hatte ich die ragende Prosceniumswand des Puppentheaters entdeckt, mein Herz war freudig bewegt. Sobald wir das »Aufsagen« hinter uns hatten, stürzte ich zu »meinem Theater«. Jawohl, da war es, und grade die Dekoration zur Wolfsschlucht war aufgestellt. Ich betrachtete sie, starr vor Entzücken, sie übertraf alle meine Erwartungen!

Da aber war Vater hinter mir und sagte: »Nein, Hans, das ist nicht dein Tisch. Das ist Edes Tisch! Du bekommst den Robinson Crusoe!« Und als er mein bestürztes Gesicht sah, setzte er erklärend hinzu: »Sieh mal, Hans, du bist beim letzten Weihnachtsfest ein bisschen zu gut weggekommen und der Ede zu schlecht. Das Puppentheater ist viel teurer als die Bleifiguren, das muss also Ede bekommen ...«

Und er führte mich von der Wolfsschlucht fort zu dem albernen Robinson.

Wie gesagt, ein völlig verdorbenes Fest! Wir Brüder konnten schlecht unsere Enttäuschung verbergen, wollten es wohl auch gar nicht, und rührten unsere Geschenke überhaupt nicht an. Dafür schielten wir umso intensiver zum Tisch des andern. Mein guter Vater sah das wohl und fing an, sich erst gelinde, dann kräftig zu ärgern. Ein paar energische Scheltworte konnten unsere Festfreude auch nicht heben. Schließlich bekamen wir den dienstlichen Befehl, gefälligst nicht zu maulen, sondern mit unsern Geschenken zu spielen. Wir taten es mit so herausfordernder Lieblosigkeit, dass Vater uns zornentbrannt ins Bett steckte. Manchmal verlor eben auch er die Geduld – und hatte nun auch sein verdorbenes Fest!

Oft bin ich später gefragt worden, warum wir Brüder die Geschenke nicht einfach nach dem Fest untereinander austauschten. Aber wer so fragt, kennt unsern Vater nicht. Grade weil wir am Festabend gemuckst und getrotzt hatten, sah er darauf und kontrollierte es auch, dass nach seinem Befehl gehandelt wurde. So gütig und geduldig er auch war, so empfindlich war er doch auch gegen jede Auflehnung, und wo er gar etwas wie Gehorsamsverweigerung spürte, wurde er unerbittlich. Gehorsam musste sein, das war ein Grundsatz bei ihm, an dem nicht gerüttelt werden durfte.

In solchen Fällen war er dann auch taub gegen alle Fürbitten der Mutter, die nach Frauenart nicht viel von Prinzipien hielt, sondern lebensklüger vom einzelnen Fall ausging. Für Vater war die Sache sehr einfach: Ich hatte das vorige Mal zu viel bekommen, also bekam ich jetzt wenig, das musste der Dümmste verstehen. Auf den Gedanken, dass es uns Kindern ganz gleich war, wie viel Geld ein Geschenk kostete, ist er leider nicht gekommen. Für Ede war das teure Puppentheater nicht eine Mark wert, der Robinson aber viele Hunderte, wenn man Freude überhaupt in Geld ausdrücken kann ... Es waren dies eben die Schattenseiten von Vaters großer Sparsamkeit und Genauigkeit. So krass wie in diesem einen Falle haben wir sie freilich sonst nie zu fühlen bekommen. Aber ich weiß doch noch, dass es manchmal kleine Differenzen zwischen Vater und Mutter wegen des Haushaltsgeldes gab. Mutter war mit den Jahren eine wahre Künstlerin geworden, sich »einzurichten«. Aber Vater hatte sich einen Jahresvoranschlag gemacht, in dem alles bis auf das Kleinste berücksichtigt war, im Monat war soundso viel vom Gehalt zurückzulegen. Jede Nachforderung zwang ihn nun, seine Pläne umzustoßen, zur Bank zu gehen, vom »Ersparten« etwas abzuheben, alles Dinge, die ihn aufs Äußerste beunruhigten. »Wir wollen doch vorwärtskommen«, klagte er dann.

Wenn Mutter dann antwortete, so müssten wir eben auf Logierbesuch verzichten, blieb er dabei, es müsse sich doch einrichten lassen, wo sechs satt würden, fänden auch sieben ihr Brot, ein Satz, dessen Richtigkeit jede Hausfrau bezweifelt.

Wahrscheinlich infolge dieser genauen Rechnerei von Vater hatte sich bei uns Kindern der Mythos gebildet, Vater habe seit unserer Geburt jeden Pfennig für jedes einzelne von uns angeschrieben, und wer mehr als die andern bekommen habe, dem werde das dermaleinst vom Erbteil abgezogen. Dieses sagenhafte Kontobuch spielte in den Gesprächen und Gedanken von uns Kindern eine große Rolle. Es hatte aber sein Gutes: Wir wurden nie neidisch aufeinander. Bekam Fiete ein neues Kleid und paradierte damit vor Itzenplitz, so sagte die nur wegwerfend: »Das wird dir ja doch von deinem Erbteil abgezogen!«

Fiete antwortete dann zwar: »Na lass doch! Das ist ja noch so lange hin!«, aber es dämpfte doch den Stolz.

Natürlich hat dies sagenhafte Kontobuch nie existiert, trotzdem wir noch als große Menschen ein ganz klein bisschen daran glaubten und uns bei Vaters Tode danach umsahen. Vater hatte ganz im Gegenteil verfügt, dass wir Geschwister ganz gleichmäßig erben sollten ohne Rücksicht darauf, was eines »vorweg« empfangen hätte. Aber an sich glaube ich noch heute: Hätte Vater nur die nötige Zeit gehabt, er hätte ein solches Buch schon führen können. Er war dazu sehr wohl imstande. Nicht um uns am Ende Mehrsummen abzuziehen, sondern um der Gerechtigkeit willen. Keines von seinen Kindern sollte je denken, es habe etwas vor den andern voraus. –

Doch war dieses gar zu ausgerechnete Weihnachtsfest eine einzige Ausnahme unter vielen, vielen durch nichts getrübten. Wenn wir dann fertig beschert und ausgepackt hatten, ging es zum Essen. Wir Kinder freilich folgten an diesem Abend nur ungern dem Ruf zu Tisch, wir hätten viel lieber weiter mit unsern Spielsachen gespielt und unsern Hunger von den bunten Tellern gestillt.

Aber das wurde natürlich nicht geduldet. In weiser Voraussicht gab es am Heiligen Abend stets Heringssalat, Mutter meinte, vor so viel Süßigkeiten sei etwas Saures das Beste! Schließlich aßen wir doch alle mit gesundem Appetit von den vielen schönen Sachen, und die Begeisterung schlug hohe Wellen. Immerzu wurde davon gesprochen, was jeder von seinen Geschenken besonders mochte, ein Kind ließ kaum das andere zu Worte kommen, jedes wollte den Eltern etwas von seiner Freude erzählen.

Aber vor allem wurde Vater gefragt, was denn nun seine Rätsel zu bedeuten hätten, ich hatte die Lösung des meinen auf dem Tisch nicht finden können und bildete mir nun ein, Vater habe noch ein besonderes Geschenk in der Hinterhand.

»Das ist doch so leicht, Hans«, sagte Vater. »Deine Zinnsoldaten sind eckig, aber die Schachtel um sie ist rund. Sie ist auch leicht, und die Soldaten sind schwer. Römische Legionäre hat es vor tausend Jahren gegeben und doch besitzt du sie heute. – Na, das zu raten war doch wirklich kein Kunststück, Hans!«

Und das fand ich nun auch.

Dann kam noch der lange Abend, an dem wir bis zehn aufbleiben durften. Während wir uns mit unsern Sachen abgaben – Itzenplitz las natürlich schon, als müsse sie ihre sämtlichen Bücher noch an diesem Weihnachtsabend durchrasen –, saß Vater am Flügel und spielte einiges von den neuen Noten durch, die Mutter ihm geschenkt hatte. Mutter aber erschien nur zu kurzen Besuchen im Bescherungszimmer, denn in der Küche wurde noch gewaltig gearbeitet. Die weihnachtliche Gans für den nächsten Tag wurde vorbereitet und überhaupt so viel wie möglich vorgekocht, denn die Mädchen sollten es in den beiden nächsten Tagen auch leichter haben. Dann ging es ins Bett. Bücher mitzunehmen war verboten, aber irgendein besonders geliebtes Spielzeug durfte sich jedes auf den Stuhl vor seinem Bett stellen. Und dann das Erwachen am nächsten Morgen! Dies Gefühl, aufzuwachen und zu wissen: Heute ist wirklich Weihnachten. Wovon wir seit einem Vierteljahr geredet, auf was wir so lange schon gehofft hatten, nun war es wirklich da!

Noch im Hemd schlich man in die Weihnachtsstube, aber so früh man auch kam, meistens war schon ein anderes da. Da saß man denn, fror ein bisschen (denn es war noch nicht geheizt) und betrachtete mit ruhigem Besitzerstolz die neuen Schätze. Dazu wurde von den Tellern genascht; war man aber ganz schamlos, schlich man auch schon an die Rückseite des Baumes und schonte die eigenen Vorräte.

Am Vormittag dann ging das Besuchen los. Alle Jungen besuchten einander, alle Mädchen besuchten einander, es war ein ständiges Kommen und Gehen, ein ohrenbetäubendes Geschnatter. Offiziell erfolgten diese Besuche, um einander ein frohes Fest zu wünschen, in Wirklichkeit wurden die Geschenke angesehen, verglichen, gebilligt oder verworfen.

Der arme Vater aber war ohne bleibende Stätte. Er trug es mit Sanftmut und sah nur selten und kurz in seine Akten. Der zweite Weihnachtstag verlief schon nicht mehr ganz so ungetrübt, denn der Vormittag musste den ersten Dankbriefen gewidmet werden. »Man kann nicht früh genug damit anfangen«, sagte Vater mahnend. »Sie haben euch ja pünktlich zum Weihnachtsfest die Pakete gesandt, nun dankt ihnen auch pünktlich und wünscht ihnen Glück zum neuen Jahr!«

Diese Dankbriefe waren eine schreckliche Quälerei. Wir erfuhren es wieder einmal, dass es kein ganz reines Glück auf Erden gebe; zehn bis zwölf Pakete bekommen zu haben, war sehr angenehm gewesen, aber nun bedeutet das für jeden von uns zehn bis zwölf Dankbriefe! Ich entwickelte hohe Fähigkeiten, meine Buchstaben sehr groß zu schreiben. Auch schrieb ich der ganzen Verwandtschaft den gleichen Brief, immer von der Besorgnis erfüllt, sie könnten es doch merken. Ich hatte so eine Idee, die Onkel und Tanten tauschten diese wertvollen Schriftstücke untereinander aus!

Lieber Hoppelpoppel –
wo bist du?

Es war einmal ein kleiner Junge, der hieß Thomas. Dem hatten seine Großeltern zum ersten Weihnachtsfest einen kleinen Hund aus schwarzem Plüsch geschenkt, mit Hängeohren und frechen braunen Augen, eine Art Dackeltier, aber auf Rädern. Und da die Achsen dieser Räder nicht im Mittelpunkt saßen, sondern seitlich, hoppelte und wogte das schwarze Stoffgeschöpf auf und nieder, als haste es wild und über alle Kraft imaginären Hasen nach. Darum taufte der Vater den Hund »Hoppelpoppel«, und als Thomas etwas älter geworden war und sprechen konnte, genehmigte auch er diesen Namen. Er liebte den Hund sehr, immer musste er bei ihm sein, auch im Schlaf durfte er ihn nicht verlassen, und er wachte sehr genau darüber, dass die Eltern nicht nur ihrem Sohn, sondern auch dem Hoppelpoppel Gute Nacht sagten. Es war eben eine richtige Liebe. Nun geschah es, dass Toms Eltern an einen neuen Wohnsitz verzogen, weit, weit weg. Der kleine Thomas blieb während der Umzugstage bei der guten Tante »Kunjä« und mit ihm natürlich Hoppelpoppel – wie hätte Tom sonst bei Tante Kunjä schlafen können? Nach einer Weile war es dann so weit: Tante Kunjä fuhr mit Tom und dem Hund nach dem neuen Häuserchen. Auf dem Bahnhof erwartete sie der Vater, und der kleine Tom war so selig und verlegen über dies Wiedersehen, dass er schnurstracks seinen Kopf durch des Vaters Beine steckte und so den abfahrenden Zug betrachtete. Dann gingen die drei Hand in Hand durch den Wald zur Mummi ins neue Häuserchen, und da kam plötzlich ein Augenblick, da Tante Kunjä angedonnert stehen blieb: »O Gott, habe ich nun doch den Hoppelpoppel in der Bahn liegengelassen!«
Der Vater machte rasch eine Kopfbewegung und sagte: »Still! Still! Hier hat der ›Herr‹ so viel neue Eindrücke, dass er ›ihn‹ einfach vergisst.«

Tom sagte noch gar nichts. Er marschierte stramm auf seinen Beinchen zwischen den beiden Großen und sah die herrlich hohen Bäume mit den Pieksenadeln an. Dann kam ein Zwinger mit einem Hund, und nun stand die Mummi unten auf einer Treppe und hielt die Arme weit auf. Sie gingen durch eine große Tür auf einen weiten Balkon, und plötzlich war da unten ein langes, langes Wasser, und ein Dampfer kam um die Waldecke und ein Kahn, zwei Kähne, viele Kähne ...

Es wurde Abend, und der kleine Junge musste ins Bett. Er war müde und selig aufgeregt, aber als ihn die Mutter über die Bettleiter hob, sagte er: »Hoppelpoppel!«

Der Vater sagte ernst: »Hoppelpoppel fährt mit der Puffbahn, Thomas. Hoppelpoppel kommt morgen.«

Das Kind sah seine Eltern fragend an, erst sagte es nichts, als aber dann das Licht ausgemacht wurde, bat es wieder, dringend: »Hoppelpoppel!«

»Thomas muss jetzt schlafen«, sagte die Mutter streng und machte die Tür von außen zu. Die Eltern standen atemlos und lauschten. Nein, kein Gebrüll, kein Weinen, sondern Stille. – »Er wird sich beruhigen«, sagte Mummi. »Aber besser ist doch, du gehst morgen zur Bahn und machst eine Verlustanzeige.«

»Schön«, sagte der Mann. »Obgleich es keinen Zweck hat. Denn der Zug fährt weiter nach Polen, und die werden uns grade einen Hoppelpoppel zurückschicken!«

Am nächsten Morgen machte der Vater seine Verlustanzeige, dann kam der Nachmittagsschlaf – aber nein, es kam kein Nachmittagsschlaf.

»Hoppelpoppel!«

»Hoppelpoppel kommt bald.«

»Nun! Gleich!!«

»Thomas muss schlafen!«

Gebrüll, Wut, Trostlosigkeit, Jammer, nur kein Schlaf. Und am Abend dasselbe. Das neue Häuserchen und das viele Wasser und der Garten und der Hund im Zwinger und die vielen Dampfer – alles nichts! Hoppelpoppel, lieber Hoppelpoppel – wo bist du? Hoppelpoppel,

ein alberner, schwarzer Stoffhund, war eine finstere Wolke am Himmel, nach drei Tagen überhing sie alles!

»Also ich fahre morgen nach Berlin und kaufe einen neuen Hoppelpoppel«, sagte der Vater zur Mummi.

»Vielleicht kriegst du solch einen gar nicht?«

»Soll das, bitte, hier so weitergehen?!«

Der Vater fuhr also, und schließlich fand er auch seinen Stoffhund, er fand genau den Hoppelpoppel. Er war lange umhergelaufen, er hatte viel Fahrgeld ausgegeben, aber: Heute Nacht wird Tom endlich wieder ruhig schlafen.

Der Vater war so glücklich über den kleinen Hund, am liebsten hätte er aller Welt Gutes getan. Da war im Abteil ein Kind, es war natürlich kein Kind wie der Thomas, nein, sondern ein dunkles, blasses Kind, es war ein meckriges Kind, es war ein schwieriges, störendes Kind, aber es war ein Kind ... Es saßen noch zwei Herren im Abteil, das hielt den Vater nicht ab, er machte Kuckuck mit dem Kind, er lenkte es ab, er half der Mutter, so gut er konnte, aber es verschlug nichts, es blieb ein schwieriges Kind.

Der Vater nahm aus dem Netz das kleine braune Paket, das Kind sah zu. Er schnürte langsam das Paket auf, das Kind sah genau hin. Was da wohl drin ist?

Er faltete das Papier auf, ließ ein bisschen sehen, mehr ...

»Hoppelpoppel«, sagte der Vater ernst.

»Wauwau«, antwortete das Kind selig.

Es wurde nun doch eine sehr gute Bahnfahrt. Siehe, der dicke brummige Herr in der Ecke war ein rechter Großvater, er zog den Hoppelpoppel auf der leeren Bank zu sich hin. Hoppelpoppel hoppelte. Der Vater zog ihn am Schwanz zurück. Das Kind jauchzte.

Manchmal ging eine kleine Sorgenwolke über des Vaters Herz.

»Wie weit fahren Sie?«, fragte er die Mutter des Kindes.

»Bis Neu-Bentschen. Und Sie –?«

»Oh, ich muss viel früher raus. Ihr Junge wird ja den Hund bis dahin überhaben.«

»Das weiß ich nicht«, sagte die Frau. »Wenn er was liebt, dann liebt er es auch richtig.«

»Na, eine Weile fahren wir ja auch noch«, sagte der Vater nachdenklich und ließ den Hund bellen.

Der Vater kramte das braune Papier wieder vor und den Bindfaden. »Nun pass auf, jetzt geht Hoppelpoppel schlafen.«

Das Kind sah aufmerksam zu, aber dann, als der Hund im Papier verschwand, fing es an zu weinen. »Hoppäpoppä«, sagte es klagend.

Alle redeten auf das Kind ein, das Kind weinte stärker, der Vater sagte: »Ich brauche ihn ja schließlich nicht eingepackt mitzunehmen, er kann ihn ja noch den Augenblick halten ...«

Das Kind nahm den Hoppelpoppel in den Arm, es lächelte, es lächelte – lieber Himmel! – es war doch ein sehr ähnliches Kind ...

Der Zug fuhr langsamer, der Zug hielt.

»Nun gib dem Onkel den Hoppelpoppel.«

Das Kind hielt den Hund fest.

»Willst du wohl artig sein, gibst du –!«

»Aussteigen –!«

»Du sollst den Hund loslassen!«

»Gib mir doch den Wauwau, bitte, bitte! Ich habe auch einen kleinen Jungen ...«

»Sie wollen noch raus? Bitte, beeilen!«

Alles ging durcheinander, das Kind weinte schmerzlich, der Schaffner schimpfte. Eine Hand (es war die Hand der Mutter) riss an der klammernden Kinderhand, das Weinen wurde lauter. Der Vater stand draußen mit seinem Hoppelpoppel, er dachte verwirrt: Wenn er was liebt, dann liebt er es auch richtig ...

Der Zug fuhr an, der Vater riss die Tür wieder auf, warf den Hund ins Abteil. Der Zug fuhr schneller, am Fenster waren Mutter und Kind zu sehen, das Kind hielt den Hoppelpoppel ...

Der Mann ging langsam durch den dunklen Wald nach Haus, er hatte es nicht eilig. Wenn er zu Haus ankommen würde, würde sein Junge grade ins Bett gebracht werden, er würde sehnsüchtig betteln: Hoppelpoppel! Der Mann bereute nicht, der Mann schalt sich nicht, er war nur traurig. Irgendetwas war nicht in Ordnung auf dieser Welt, irgendetwas stimmte nicht: Dem einen geben, dass der andere weint –?

Der Mann schloss die Tür auf, oben krähte der Tom. Der Mann ging langsam und leise die Treppe hinauf, er hing leise den Mantel fort, er zog seine Hausschuhe an ... Schließlich musste er doch die Tür aufmachen ...

Da aß sein kleiner Sohn am Tischchen den Haferbrei, und auf dem Tischchen stand der Hoppelpoppel! Der Hoppelpoppel mit einem langen, langen Zettel am Hals.

»Sieh nur, Mann«, sagte die Mummi.

Auf dem Zettel standen viele bahnamtliche Vermerke, aber da stand auch: » Zbaszyn (Bentschen). Kleine schwazze Hund, särr biese. Beißt ...«

»Kleine schwazze Hund, särr biese ...«, sagte der Vater langsam.

Komisch: Plötzlich war die Welt wieder in Ordnung.

Lüttenweihnachten

»Tüchtig neblig heute«, sagte am 20. Dezember der Bauer Gierke ziellos über den Frühstückstisch hin. Es war eigentlich eine ziemlich sinnlose Bemerkung, jeder wusste auch so, dass Nebel war, denn der Leuchtturm von Arkona heulte schon die ganze Nacht mit seinem Nebelhorn wie ein Gespenst, das das Ängsten kriegt.

Wenn der Vater die Bemerkung trotzdem machte, so konnte sie nur eines bedeuten. »Neblig –?«, fragte gedehnt sein dreizehnjähriger Sohn Friedrich.

»Verlauf dich bloß nicht auf deinem Schulwege«, sagte Gierke und lachte.

Und nun wusste Friedrich genug, und auf seinem Zimmer steckte er schnell die Schulbücher aus dem Ranzen in die Kommode, lief in den Stellmacherschuppen und »borgte« sich eine kleine Axt und eine Handsäge. Dabei überlegte er: Den Franz von Gäbels nehm ich nicht mit, der kriegt Angst vor dem Rotvoß. Aber Schöns Alwert und die Frieda Benthin. Also los!

Wenn es für die Menschen Weihnachten gibt, so muss es das Fest auch für die Tiere geben. Wenn für uns ein Baum brennt, warum nicht auch für Pferde und Kühe, die doch das ganze Jahr unsere Gefährten sind? In Baumgarten jedenfalls feiern die Kinder vor dem Weihnachtsfest Lüttenweihnachten für die Tiere und dass es ein verbotenes Fest ist, von dem der Lehrer Beckmann nichts wissen darf, erhöht seinen Reiz. Nun hat der Lehrer Beckmann nicht nur körperlich einen Buckel, sondern er kann auch sehr bösartig werden, wenn seine Schüler etwas tun, was sie nicht sollen. Darum ist Vaters Wink mit dem nebligen Tag eine Sicherheit, dass das Schulschwänzen heute jedenfalls von ihm nicht allzu tragisch genommen wird.

Schule aber muss geschwänzt werden, denn wo bekommt man einen Weihnachtsbaum her? Den muss man aus dem Staatsforst an der See oben stehlen, das gehört zu Lüttenweihnachten. Und weil man beim Stehlen erwischt werden kann und weil der Förster Rotvoß ein schlimmer Mann ist, darum muss der Tag neblig sein, sonst ist es zu gefährlich. Wie Rotvoß wirklich heißt, das wissen die Kinder nicht, aber er ist der Förster und hat einen fuchsroten Vollbart, darum heißt er Rotvoß.

Von ihm reden sie, als sie alle drei etwas aufgeregt über die Feldraine der See entgegenlaufen. Schöns Alwert weiß von einem Knecht, den hat Rotvoß an einen Baum gebunden und so lange mit der gestohlenen Fichte geschlagen, bis keine Nadeln mehr daransaßen. Und Frieda weiß bestimmt, dass er zwei Mädchen einen ganzen Tag lang im Holzschauer eingesperrt hat, erst als Heiligenabend vorbei war, ließ er sie wieder laufen.

Sicher ist, sie gehen zu einem großen Abenteuer, und dass der Nebel so dick ist, dass man keine drei Meter weit sehen kann, macht alles noch viel geheimnisvoller. Zuerst ist es ja sehr einfach: Die Raine auf der Baumgartener Feldmark kennen sie: Das ist Rothspracks Winterweizen, und dies ist die Lehmkule, aus der Müller Timm sein Vieh sommers tränkt.

Aber sie laufen weiter, immer weiter, sieben Kilometer sind es gut bis an die See, und nun fragt es sich, ob sie sich auch nicht verlaufen im Nebel. Da ist nun dieser Leuchtturm von Arkona, er heult mit seiner Sirene, dass es ein Grausen ist, aber es ist so seltsam, genau kriegt man nicht weg, von wo er heult. Manchmal bleiben sie stehen und lauschen. Sie beraten lange, und als sie weitergehen, fassen sie sich an den Händen, die Frieda in der Mitte. Das Land ist so seltsam still, wenn sie dicht an einer Weide vorbeikommen, verliert sie sich nach oben ganz in Rauch. Es tropft sachte von ihren Ästen, tausend Tropfen sitzen überall, nein, die See kann man noch nicht hören. Vielleicht ist sie ganz glatt, man weiß es nicht, heute ist Windstille.

Plötzlich bellt ein Hund in der Nähe, sie stehen still, und als sie dann zehn Schritte weitergehen, stoßen sie an eine Scheunenwand. Wo sie hingeraten sind, machen sie aus, als sie um eine Ecke spähen. Das ist Nagels Hof, sie erkennen ihn an den bunten Glaskugeln im Garten.

Sie sind zu weit rechts, sie laufen direkt auf den Leuchtturm zu, und dahin dürfen sie nicht, da ist kein Wald, da ist nur die steile, kahle Kreideküste. Sie stehen noch eine Weile vor dem Haus, auf dem Hof klappert einer mit Eimern, und ein Knecht pfeift im Stall: Es ist so heimlich! Kein Mensch kann sie sehen, das große Haus vor ihnen ist ja nur wie ein Schattenriss.

Sie laufen weiter, immer nach links, denn nun müssen sie auch vermeiden, zum alten Schulhaus zu kommen – das wäre so schlimm! Das alte Schulhaus ist gar kein Schulhaus mehr, was soll hier in der Gegend ein Schulhaus, wo keine Menschen leben – nur die paar weit verstreuten Höfe ... Das Schulhaus besteht nur aus runtergebrannten Grundmauern, längst verwachsen, verfallen, aber im Sommer blüht hier herrlicher Flieder. Nur dass ihn keiner pflückt. Denn dies ist ein böser Platz, der letzte Schullehrer hat das Haus abgebrannt und sich aufgehängt. Friedrich Gierke will es nicht wahrhaben, sein Vater hat gesagt, das ist Quatsch, ein Altenteilhaus ist es mal gewesen. Und es ist gar nicht abgebrannt, sondern es hat leer gestanden, bis es verfiel. Darüber geraten die Kinder in großen Streit.

Ja, und das Nächste, dem sie nun begegnen, ist grade dies alte Haus. Mitten in ihrer Streiterei laufen sie grade darauf zu! Ein Wunder ist es in diesem Nebel. Die Jungens können's nicht lassen, drinnen ein bisschen zu stöbern, sie suchen etwas Verbranntes. Frieda steht abseits auf dem Feldrain und lockt mit ihrer hellen Stimme. Ganz nah, wie schräg über ihnen, heult der Turm, es ist schlimm anzuhören. Es setzt so langsam ein und schwillt und schwillt, und man denkt, der Ton kann gar nicht mehr voller werden, aber er nimmt immer mehr zu, bis das Herz sich ängstigt und der Atem nicht mehr will –: »Man darf nicht so hinhören ...«

Jetzt sind es höchstens noch zwanzig Minuten bis zum Wald. Alwert weiß sogar, was sie hier finden: erst einen Streifen hoher Kiefern, dann Fichten, große und kleine, eine Wildnis, grade, was sie brauchen, und dann kommen die Dünen, und dann die See. Ja, nun beraten sie, während sie über einen Sturzacker wandern: erst der Baum oder erst die See? Klüger ist es, erst an die See, denn wenn sie mit dem Baum länger umherlaufen, kann sie Rotvoß doch erwischen, trotz des Nebels. Sind sie ohne Baum, kann er ihnen nichts sagen, obwohl er zu fragen fertigbringt, was Friedrich in seinem Ranzen hat. Also erst See, dann Baum.

Plötzlich sind sie im Wald. Erst dachten sie, es sei nur ein Grasstreifen hinter dem Sturzacker, und dann waren sie schon zwischen den Bäumen, und die standen enger und enger. Richtung? Ja, nun hört man doch das Meer, es donnert nicht grade, aber gestern ist Wind gewesen, es wird eine starke Dünung sein, auf die sie zulaufen.

Und nun seht, das ist nun doch der richtige Baum, den sie brauchen, eine Fichte, eben gewachsen, unten breit, ein Ast wie der andere, jedes Ende gesund – und oben so schlank, eine Spitze so hell, in diesem Jahre getrieben. Kein Gedanke, diesen Baum stehen zu lassen, so einen finden sie nie wieder. Ach, sie sägen ihn ruchlos ab, sie bekommen ein schönes Lüttenweihnachten, das herrlichste im Dorf, und Posten stellen sie auch nicht aus. Warum soll Rotvoß grade hierherkommen? Der Waldstreifen ist über zwanzig Kilometer lang. Sie binden die Äste schön an den Stamm, und dann essen sie ihr Brot, und dann laden sie den Baum auf, und dann laufen sie weiter zum Meer.

Zum Meer muss man doch, wenn man ein Küstenmensch ist, selbst mit solchem Baum. Anderes Meer haben sie näher am Hof, aber das sind nur Bodden und Wieks. Dies hier ist richtiges Außenmeer, hier kommen die Wellen von weit, weit her, von Finnland oder von Schweden oder auch von Dänemark. Richtige Wellen …

Also, sie laufen aus dem Wald über die Dünen.

Und nun stehen sie still.

Nein, das ist nicht mehr die Brandung allein, das ist ein seltsamer Laut, ein wehklagendes Schreien, ein endloses Flehen, tausendstimmig. Was ist es? Sie stehen und lauschen.

»Jung, Manning, das sind Gespenster!«

»Das sind die Ertrunkenen, die man nicht begraben hat.«

»Kommt, schnell nach Haus!«

Und darüber heult die Nebelsirene.

Seht, es sind kleine Menschentiere, Bauernkinder, voll von Spuk und

Aberglauben, zu Haus wird noch besprochen, da wird gehext und blau gefärbt. Aber sie sind kleine Menschen, sie laden ihren Baum wieder auf und waten doch durch den Dünensand dem klagenden Geschrei entgegen, bis sie auf der letzten Höhe stehen, und –

Und was sie sehen, ist ein Stück Strand, ein Stück Meer. Hier über dem Wasser weht es ein wenig, der Nebel zieht in Fetzen, schließt sich, öffnet den Ausblick. Und sie sehen die Wellen, grüngrau, wie sie umstürzen, weißschäumend draußen auf der äußersten Sandbank, näher tobend, brausend. Und sie sehen den Strand, mit Blöcken besät, und dazwischen lebt es, dazwischen schreit es, dazwischen watschelt es in Scharen ...

»Die Wildgänse!«, sagen die Kinder. »Die Wildgänse –!«

Sie haben nur davon gehört, sie haben es noch nie gesehen, aber nun sehen sie es. Das sind die Gänsescharen, die zum offenen Wasser ziehen, die hier an der Küste Station machen, eine Nacht oder drei, um dann weiterzuziehen, nach Polen oder wer weiß wohin, Vater weiß es auch nicht. Da sind sie, die großen wilden Vögel, und sie schreien, und das Meer ist da und der Wind und der Nebel, und der Leuchtturm von Arkona heult, und die Kinder stehen da mit ihrem gemausten Tannenbaum und starren und lauschen und trinken es in sich ein ...

Und plötzlich sehen sie noch etwas, und magisch verführt gehen sie dem Wunder näher. Abseits, zwischen den hohen Steinblöcken, da steht ein Baum, eine Fichte wie die ihre, nur viel, viel höher, und sie ist besteckt mit Lichtern, und die Lichter flackern im leichten Windzug ...

»Lüttenweihnachten«, flüstern die Kinder. »Lüttenweihnachten für die Wildgänse ...«

Immer näher kommen sie, leise gehen sie, auf den Zehen – oh, dieses Wunder! –, und um den Felsblock biegen sie. Da ist der Baum vor ihnen in all seiner Pracht, und neben ihm steht ein Mann, die Büchse über der Schulter, ein roter Vollbart ...

»Ihr Schweinekerls!«, sagt der Förster, als er die drei mit der Fichte sieht.

Und dann schweigt er. Und auch die Kinder sagen nichts. Sie stehen und starren. Es sind kleine Bauerngesichter, sommersprossig, selbst jetzt im Winter, mit derben Nasen und einem festen Kinn, es sind Augen, die was in sich reinsehen. Immerhin, denkt der Förster, haben sie mich auch erwischt beim Lüttenweihnachten. Und der Pastor sagt, es sind Heidentücken. Aber was soll man denn machen, wenn die Gänse so schreien und der Nebel so dick ist und die Welt so eng und so weit und Weihnachten vor der Tür ... Was soll man da machen ...?

Man soll einen Vertrag machen auf ewiges Stillschweigen, und die Kinder wissen ja nun, dass der gefürchtete Rotvoß nicht so schlimm ist, wie sich die Leute erzählen.

Ja, da stehen sie nun: ein Mann, zwei Jungen, ein Mädel. Die Kerzen flackern am Baum, und ab und zu geht auch eine aus. Die Gänse schreien, und das Meer braust und rauscht. Die Sirene heult. Da stehen sie, es ist eine Art Versöhnungsfest, sogar auf die Tiere erstreckt, es ist Lüttenweihnachten. Man kann es feiern, wo man will, am Strande auch, und die Kinder werden es nachher in ihres Vaters Stall noch einmal feiern.

Und schließlich kann man hingehen und danach handeln. Die Kinder sind imstande und bringen es fertig, die Tiere nicht unnötig zu quälen und ein bisschen nett zu ihnen zu sein. Zuzutrauen ist ihnen das.

Das Ganze aber heißt Lüttenweihnachten und ist ein verbotenes Fest, der Lehrer Beckmann wird es ihnen morgen schon zeigen!

Christkind verkehrt

Ich hatte mir zu Weihnachten ein Puppentheater gewünscht, ein Puppentheater aus Pappe, mit Proszenium, Soffitten und Hintergrund, mit den Figuren für Wilhelm Tell – alles aus Pappe. Auf meines Bruders Uli Wunschzettel aber hatte eine Robinsonade gestanden, aus Blei, Robinson und Freitag und Palmen und eine Hütte und das »Pappchen« in seinem Rutenkäfig, alles aus Blei.

Einmal ist es so weit, und die kleine silberne Bimmel klingelt, und die Tür tut sich auf, und der Baum strahlt, und wir marschieren auf ihn zu wie die Orgelpfeifen, nach dem Alter: erst Uli, dann ich, dann Margarete, dann Elisabeth. Und nun stehen wir vor dem Baum, rechts und links von ihm Mama und Papa, und wir sagen jeder etwas auf: ein Weihnachtslied oder ein paar hausgemachte Verse. Während das geschieht, ist es verboten, nach den Tischen zu schielen, aber ich wage doch einen Blick – und da, links von mir, steht das Puppentheater, strahlend, und der Vorhang ist aufgezogen, und Tell ist auf der Bühne und Geßler – welches Glück!

Aber wie nun Elisabeth als die Letzte ihr Sprüchlein gesagt hat und wir zu unsern Tischen dürfen, da führt mich Mama nicht nach links, nicht zu dem Puppentheater, sondern nach rechts, wo auf einem großen Brett mit gelbem Sand und grünem kurzem Moos und blau gestrichenem Meer die Robinsonade aus Blei aufgebaut ist –: »Dein Bruder Uli«, sagt Mama, »ist voriges Jahr viel besser weggekommen als du. Und deshalb bekommst du in diesem Jahr den Robinson, der ist viel schöner.«

Und nun standen wir beide da, wie die rechten Küster, und versuchten zu spielen, er mit »meinem« Puppentheater, ich mit »seinem« Robinson, und das Herz war uns schwer, und zu freuen hatten wir uns doch auch. Und ab und an wagten wir einen Blick zum andern und fanden, der konnte gar nichts mit »unserm« Spielzeug anfangen.

Aber das Seltsame an diesem sonst ganz unweihnachtlichen Weihnachtserlebnis war, dass wir – Uli und ich – nun nicht etwa, als die weihnachtlichen Freuden verrauscht und wir mit unserm Spielzeug aus dem Bescherungs- in »unser« Zimmer übergesiedelt waren, dass wir da nicht etwa unsere Weihnachtsgeschenke austauschten und das so falsch Begonnene richtig vollendeten ...

Nein, das Seltsame war, dass Uli leidenschaftlich an seinem Puppentheater hing und dass ich wie ein Hofhund über meinem Robinson wachte. Von all den vielen Weihnachtsfesten meiner Kindheit ist dieses eine nur mir ganz unvergesslich und deutlich geblieben: mit dem spähenden Entdeckerblick zum Tisch, mit dem »Besser-Weg-kommen«, mit dem Sich-freuen-Müssen, mit dem verlegenen Schuldgefühl. Kein Spielzeug hat den Glanz dieses falschen Robinsons, es ist mitgegangen mit mir durch mein Leben, und heute noch, wenn ich nicht einschlafen kann, spiele ich Robinson.

Der gestohlene Weihnachtsbaum

Ein wesentlicher Unterschied zwischen Kindern und Erwachsenen ist der, dass die Großen ungefähr wissen, was sie vom Leben zu erwarten haben, die Kinder aber erhoffen noch das Unmögliche. Und manchmal behalten sie damit sogar recht.

Seit Mitte Dezember der erste Schnee gefallen war, dachte Herr Rogge wieder an den Weihnachtsbaum und die alljährlich wiederkehrenden endlosen Schwierigkeiten, bis er ihn haben würde. Die Kinder aber nahmen allmorgendlich ihre kleinen Schlitten und zogen in den Wald, den Weihnachtsmann zu treffen. Natürlich war es einfach lächerlich, dass es in diesem Lande mit Wald über Wald keine Weihnachtsbäume geben sollte. Überall standen sie, sie wuchsen einem gewissermaßen in Haus, Hof und Garten, aber sie gehörten nicht Herrn Rogge, sondern der Forstverwaltung. Der alte Förster Kniebusch aber, mit dem Herr Rogge sich übrigens verzankt hatte, verkaufte schon längst keine Baumscheine mehr. »Wozu denn?«, fragte er. »Es kauft ja doch keiner einen. Und wenn sie sich ihren Baum lieber ›so‹ besorgen, habe ich doch den Spaß, sie zu erwischen, und ein Taler Strafe für einen Baum, den ich ihnen aus den Händen und mir ins Haus trage, freut mich mehr als sechs Fünfziger für sechs Baumscheine.«

So würde also Herr Rogge sich entweder den Baum »so« besorgen müssen – was er nicht tat, denn erstens stahl er nicht, und zweitens gönnte er Kniebusch nicht die Freude –, oder er würde achtzehn Kilometer in die Kreisstadt auf den Weihnachtsmarkt fahren müssen zur Besorgung eines Baumes, der ihm vor der Nase wuchs – und das tat er erst recht nicht, und den Spaß gönnte er Kniebuschen erst recht nicht. Blieb also nur die unmögliche Hoffnung auf den Weihnachtsmann und seine Wunder, die die Kinder hatten.

Gleich hinter dem Dorf ging es bergab, einen Hohlweg hinunter,

in den Wald hinein. Manchmal kamen die Kinder hier nicht weiter, über dem schönen sausenden Gleiten vergaßen sie den Weihnachtsmann und liefen immer wieder bergan. Heute aber sprach Thomas zum Schwesterchen: »Nein, es sind nur noch drei Tage bis Weihnachten, und du weißt, Vater hat noch keinen Baum. Wir wollen sehen, dass wir den Weihnachtsmann treffen.«

So ließen sie das Schlitteln und traten in den Wald. Was der Thomas aber nicht einmal dem Schwesterchen erzählte, war, dass er Vaters Taschenmesser in der Joppe hatte. Mit sieben Jahren werden die Kinder schon groß und fangen an, nach Art der Großen ihren Hoffnungen eine handfeste Unterlage zu verschaffen. –

Der alte Kakeldütt war das, was man früher ein »Subjekt« nannte, wahrscheinlich, weil er so oft das Objekt behördlicher Fürsorge war. Aus dem mickrigen Leib wuchs ihm ein dürrer, faltiger, langer Hals, auf dem ein vertrocknetes Häuptlein wie ein Vogelkopf nickte. Wenn der Herr Landjäger sagte: »Na, Kakeldütt, denn komm mal wieder mit! Du wirst ja wohl auch allmählich alt, dass du vor den sehenden Augen von Frau Pastern ihre beste Leghenne unter deine Jacke steckst«, dann krächzte Kakeldütt schauerlich und klagte beweglich: »Ein armer Mensch soll es wohl nie zu was bringen, was? Die Pastern hat 'ne Pieke auf mich, wie? Und Sie haben auch 'ne Pieke auf mich, Herr Landjäger, wie? Natürlich in allen Ehren und ohne Beamtenbeleidigung, was?« Und bei jedem Wie und Was ruckte er heftig mit dem Häuptlein, als sei er ein alter Vogel und wolle hacken. Aber er wollte nicht hacken, er ging ganz folgsam und auch gar nicht unzufrieden mit.

Wir aber als Erzähler denken, wir haben unsere Truppen nun gut in Stellung gebracht und die Schlacht gehörig vorbereitet: hier den alten Förster Kniebusch, der gern Tannenbaumdiebe fängt. Dort den Vater Rogge in Verlegenheit um einen Baum. Ziemlich versteckt das anrüchige Subjekt Kakeldütt mit großer Findigkeit für fragwürdigen Broterwerb und als leichte Truppen, die das Gefecht eröffnen, Thomas mit dem Schwesterchen, ziemlich gläubig noch, aber immerhin mit einem nicht einwandfrei erworbenen Messer in der Tasche. Im Hintergrund aber die irdische Gerechtigkeit in

Gestalt des Landjägers und die himmlische, vertreten durch den Weihnachtsmann.

Alle an ihren Plätzen –? Also los!

Das Erste, was man durch den dick mit Schnee gepolsterten, stillen Wald hört, ist: ritze-ratze, ritze-ratze … Kakeldütt, erfahrener auf dunklen Pfaden als der siebenjährige Thomas, weiß, dass ein Tannenbaum sich schlecht mit einem Messer, gut mit einer Säge von den angestammten Wurzeln lösen lässt.

Herr Rogge, in Zwiespalt mit sich, greift nach Pelzkappe und Handstock: Hat man keinen Tannenbaum, kann man sich doch welche im Walde beschauen. Kniebusch stopft seine Pfeife mit Förstertabak, ruft den Plischi und geht gegen Jagen elf zu, wo die Forstarbeiter Buchen schlagen. Die Kinder haben unter einem Ginsterbusch im Schnee ein Hasenlager gefunden, hinten ist es zart gelblich gefärbt.

»Osterhas Piesch gemacht!«, jauchzt Schwesterchen.

Die alte gichtige Brommen aber hat schon zwanzig Pfennig für den Kakeldütt, der ihr weiß wohl was besorgen soll, bereitgelegt. Ritze-ratze … Ritze-ratze …

Förster Kniebusch – die akustischen Verhältnisse in einem Walde sind unübersichtlich –, Förster Kniebusch ruft leise den Hund und windet. »I du schwarzes Hasenklein! War das nun drüben oder hinten –? Warte, warte …«

Ritze-ratze …

Thomas und das Schwesterchen horchen auch. Schnarcht der Weihnachtsmann wie Vater –? Hat er Zeit, jetzt zu schnarchen –?! Friert er nicht –? Erfriert er gar – und ade der bunte Tisch unter der lichterleuchtenden Tanne?!

Ritze-ratze …

Herr Rogge hat die Fußspuren seiner Kinder gefunden und vergnügt sich damit, ihre Spuren im Schnee nachzutreten, mal Schwesterchens, mal Brüderchens. Auch er findet das Hasenlager, auch er spitzt die Ohren. Thomas wird doch keine Dummheiten machen, denkt er. Ich hätte doch in die Stadt fahren sollen.

»Ach nee, ach nee«, stöhnt ganz verdattert Kakeldütt, wackelt mit dem Vogelkopf und starrt auf die Kinder. »Wer seid denn ihr? Ihr seid wohl Rogges –?«

»Das ist der Weihnachtsbaum«, sagt Thomas ernst und betrachtet die kleine Tanne, die mit ihren dunklen Nadeln still im Schnee liegt.

»Weihnachtsbaum – Weihnachtsmann«, brabbelt Schwesterchen und sieht den ollen Kakeldütt zweifelnd an. Ist das ein echter Weihnachtsmann? Enttäuschung, Enttäuschung – ins Leben wachsen heißt ärmer werden an Träumen.

»Ich hab 'nen Baumschein vom Förster, du Roggejunge«, verteidigt sich Kakeldütt ganz unnötig.

»Hilfst du mir auch bei unserer Tanne?«, fragt Thomas und greift in die Joppentasche. »Ich hab ein Messer.«

In Kakeldütts Hirn erglimmen Lichter. Rogges haben Geld. Sie zahlen nicht nur zwanzig, sie zahlen fünfzig Pfennig für einen Weihnachtsbaum. Sie zahlen eine Mark, wenn Kakeldütt den Mund hält. »Natürlich, Söhning«, krächzt er und greift wieder zur Säge. »Nehmen wir gleich den –?«

Herr Rogge auf der einen, Förster Kniebusch auf der andern Seite den Tannen enttauchend, sehen nur noch Thomas und Schwesterchen. Keinen Kakeldütt.

»Thomas!«, ruft Herr Rogge drohend.

»Rogge!«, ruft Kniebusch triumphierend.

»Nanu!«, wundert sich Thomas und starrt auf die Äste, die sich noch leise vom weggeschlichenen Kakeldütt bewegen.

Der Sachverhalt aber ist klar: ein abgeschnittener Baum, ein Junge mit einem Messer in der Hand ...

»Ich freue mich, Rogge«, sagt Kniebusch und freut sich ganz unverhohlen. »Stille biste, Plischi!«, kommandiert er dem Hund, der in die Schonung zieht und jault.

»Du glaubst doch nicht etwa, Kniebusch?«, ruft Rogge empört. »Thomas, was hast du getan?! Was machst du mit dem Messer?«

»Deinem Messer, Rogge«, grinst Kniebusch.

»Hier war 'n Mann«, sagt Thomas unerschütterlich. »Wo ist der Mann hin?«

»Weihnachtsmann«, kräht Schwesterchen.

Kinder zu erziehen ist nicht leicht – Kinder vorm Antlitz triumphierender Feinde zu erziehen ist ausgesprochen schwer. »Komm einmal her, Thomas«, sagt Herr Rogge mit aller verhassten väterlichen Autorität. »Was machst du mit meinem Messer? Woher hast du mein Messer?« Er gerät unter dem Blick des andern in Hitze. »Wie kommt die Tanne hierher? Wer hat dir gesagt, du sollst eine Tanne abschneiden?«

»Hier war 'n Mann«, sagt Thomas trotzig im Bewusstsein guten Gewissens. »Vater, wo ist der Mann hin?«

»Weihnachtsmann weg!«, kräht Schwesterchen.

»Sollst du lügen, Tom?«, fragt Herr Rogge zornig. »Ekelhaft ist so was! Komm, sage ich dir ...« Und mit aller väterlichen Konsequenz eilt er mit erhobener Hand auf den Sohn zu. Ausgerechnet angesichts von Kniebusch als Waldfrevler erwischt! Nichts mehr scheint eine väterliche Tracht Prügel abwenden zu können.

»Halt mal, Rogge!«, sagt Förster Kniebusch mit erhobener Stimme und zeigt mit dem Finger auf den frischen Baumstumpf. »Das ist gesägt und nicht geschnitten.«

Rogge starrt. »Wo hast du die Säge, Junge?«

»Hier war 'n Mann«, beharrt Thomas.

»Und recht hat der Junge, und du hast unrecht. Rogge«, freut sich der Kniebusch. »Da die Spuren – das sind nicht deine und nicht meine. – Und du hast überhaupt meistens und immer unrecht, Rogge. Damals, als wir uns verzürnt haben, hattest du auch unrecht. Fische können nicht hören! Du bist rechthaberisch, Rogge, und was war hier für ein Mann, Junge?«

»Ein Mann.«

»Und wenn ich dieses Mal unrecht hab, aber ich hab's nicht, denn wozu hat er das Messer? – Damals hatte ich doch recht. Und Fische können sehr wohl hören ...«

»Unsinn – in den Kuscheln muss er noch stecken, Rogge! Los, Plischi, such, du guter Hund! Los, Rogge, den Kerl zu fassen soll mir zehn Weihnachtsbäume wert sein. Los, Junge, fass deine Schwester an, wenn du ihn siehst, schreist du!«

Und los geht die Jagd, immer durch die Tannen, wo sie am dicksten stehen.

»Weihnachtsmann!«, ruft Schwesterchen. Die Tannennadeln stechen, und der Schnee stäubt von den Zweigen in den Nacken.

»Also lassen wir es«, sagt nach einer Viertelstunde Förster Kniebusch missmutig. »Weg ist er. Wie in den Boden versunken. – Du kannst doch die Tanne brauchen, fünfzig Pfennig zahlst du, und so hat das Forstamt wenigstens was von dem Gejachter.«

Aber wo ist die Tanne? Dies ist der Platz, denn hier steht der Stumpf – aber wo ist die Tanne?

»I du schwarzes Hasenklein!«, sagt Förster Kniebusch verblüfft. »Der ist uns aber über, Rogge! Holt sich noch den Baum, während wir hier auf ihn jagen. Na, warte, Freundchen, wenn ich dir mal wieder begegne! Denn die Katze lässt das Mausen nicht, und einmal treffe ich sie alle ... Gib mir das Messer, Junge, damit ihr wenigstens nicht leer nach Hause geht. Ist der dir recht, Rogge? Schneidet sich elend schlecht mit 'nem Messer, das nächste Mal bringst du besser 'ne Säge mit, Junge, weißt du, einen Fuchsschwanz ...«

»Kniebusch –!«, schreit Herr Rogge förmlich. Aber auf diesen Streit der beiden brauchen wir uns nicht auch noch einzulassen, er ist schon alt und wird aller Wahrscheinlichkeit nach noch sehr viel älter werden.

Jedenfalls fasste Thomas auf dem Heimwege seine Meinung dahin zusammen: »Ich glaube, es war doch der Weihnachtsmann, Vater. Sonst hätt er doch nicht so verschwinden können, Vater! Wo der Hund mit war.«

»Möglich, möglich, Tom«, bestätigte Herr Rogge.

»Aber, Vater, klauen denn die Weihnachtsmänner Weihnachtsbäume?«

»Ach, Tom –!«, stöhnte Herr Rogge aus tiefstem Herzensgrunde – und war sich gar nicht im Klaren darüber, wie er diesen Wirrwarr in seines Sohnes Herzen entwirren sollte. Aber schließlich war in drei Tagen Weihnachten. Und vor einem strahlenden Tannenbaum und einem bunten Bescherungstisch werden alle Zweifel stumm und alle Kinderherzen gläubig.

Das Wunder des Tollatsch

Mindestens einmal im Jahre, zu irgendwelchen Ferien, wie es grade kam, wurde ich von Tante und Onkel Lorenz eingeladen. Das vergaß Tante nie, obwohl ich gar nicht mit ihnen verwandt war. Ich war nur so ein Waisenkind, das ihnen einmal irgendwie in den Weg gelaufen war und dann nicht wieder vergessen wurde. Tante Lorenz – Anna – liebte ich sehr, ich fand, sie war solch natürlicher, offener, grader Mensch. Es war bewundernswert, wie sie ihrem großen Gutshaushalt vorstand, die vielen Kinder erzog, stets tätig, stets in Eile und doch immer, hatte eines ein wirkliches Anliegen, mit aller Zeit und Teilnahme von der Welt.

Für Onkel Lorenz – Hans – waren meine Gefühle schwankender. Er wanderte meistens stumm mit reichlich mürrischen Falten im Gesicht umher und hatte, erzählte man etwas, eine sehr erschreckende Art, plötzlich dazwischenzurufen: »Döskopp!« Pause. Man brach ab, erstarrte. »Jawohl! Döskopp!« Pause. »Nimm den Löffel, Döskopp, mit der Gabel schaffst du die Erbsen nie!« Und sich an mich wendend: »Du erzähltest, Mimi? Verzeih, dieser Franz ist ein völliger Döskopp.« – Zu andern Zeiten war er, was er wohl lustig und aufgeräumt nannte. Dann neckte er jedermann, vor allem Tante Anna, bis aufs Blut, erzählte etwa, wie es hier auf Baumgarten nach seinem Tode aussehen und welche Art Mann sich Tante Anna aussuchen würde – »nach den Erfahrungen mit mir!«.

Kurz und gut, Onkel Hans war mir etwas zu unübersichtlich und verzwickt. Hatte er mir aber einmal wehgetan und sah Tante Anna mich heulen, sagte sie bloß: »Du bist doch ein rechtes Schaf, Mimi, und es wird wirklich Zeit, dass du aus der Hühnerwirtschaft von Pension und Seminar herauskommst und ein paar Männer kennenlernst. Männer haben nun einmal alle einen Sparren, und einen harmloseren als meinen Hans, der jedes Gefühl sogar vor sich selbst verstecken möchte, wirst du so leicht nicht finden!«

»Aber was haben denn meine rosa Zopfschleifen mit Onkel Hansens Gefühlen zu tun?!«, rief, ich klagend.

»Er hat vollkommen recht«, sagte Tante Anna plötzlich ziemlich spitz. »Du bist wirklich in dem Alter, wo du dir dein Haar anständig frisieren könntest, Mimi, Schnecke oder Dutt oder meinethalben auch Bubikopf, statt mit solchen Hängern wie eine fallenstellende Tochter Evas herumzulaufen. – Und jetzt, bitte, wasche dir das Gesicht und gehe in die Küche und stengele Johannisbeeren ab. Achtzig Pfund hat der Gärtner hereingeschickt, und Mamsell hat keine Ahnung, wie sie die bis Abend bewältigen soll.«

So waren meine Nennverwandten, die Lorenzens, und wie ich Jahr für Jahr zu ihnen kam, verlor Onkel Hans auch für mich manchen von seinen Schrecken. Richtig nahe kam ich ihm aber erst am Weihnachtsabend, nein, in der Weihnachtsnacht 1927. Von da an nickte ich verständnisinnig mit dem Kopfe, wenn Tante Anna sagte: »Er ist eben ein Kauz. Lass ihn nur kauzen ... Es macht ihm Spaß, und uns tut es nichts.« Zu jener Zeit war ich schon wohlbestallte, fest angestellte Lehrerin, lehrte die Mädchen und wehrte den Knaben, und auffallende, schmetterlingshafte Zopfschleifen lagen weit dahinten. Durch irgendeinen Zufall war ich in jener Weihnachtsnacht mit Lorenzens ganz allein. Keines von den Kindern hatte zum Fest nach Haus kommen können, kein Besuch außer mir war, scheint's, geladen worden. Und so saßen wir drei, ganz ungewohnt ruhig, unter dem brennenden Baum, erzählten uns sachte von verrauschten Festen, in denen dies große Zimmer laut gewesen war vom Jubel der Kinder, und waren schließlich ganz froh, als die Uhr auf Mitternacht ging. Tante Anna, immer die Erste aus den Federn, war verschwunden, ich weiß nicht wie schnell. Onkel Hans schüttelte mir noch auf der großen, düsteren Diele die Hand, redete abgerissen vom Wetter und ließ mich nicht los.

»Gute Nacht, Onkel Hans«, sagte ich schließlich. »Schlaf gut und Dank für alles.«

»Ja, ja«, sagte er. »Schön. Ist in Ordnung. – Du kennst doch Tollatschen, Mimi?«

»Natürlich«, sagte ich sehr verblüfft; denn diese pommersch-mecklenburgische Schlachtespezialität war mir wohlbekannt. Aber was sollte das jetzt? »Es ist«, sagte er stockend und schien richtig ein bisschen verlegen, »es ist gewissermaßen noch eine kleine Überraschung für deine Tante Anna. Würde es dir etwas ausmachen, jetzt in die Küche zu gehen und uns Tollatschen zu braten? Recht fett?«

»Jetzt –?«, fragte ich verblüfft.

»Jetzt«, sagte er. »Natürlich, wenn du zu müde bist ...«

»Nein«, sagte ich, »deswegen nicht. Aber bist du überzeugt, Onkel Hans, dass es für Tante Anna eine angenehme Überraschung sein würde?«

»Für Änne –? Die angenehmste von der Welt! Gewissermaßen ein Genuss. Sie müssen direkt in Fett schwimmen, spare nicht das Fett, Mimi! Und ..., sagen wir, um zwölf Uhr dreißig klopfst du bei uns – mit den Tollatschen. Es ist wirklich reizend von dir, Kind, dass du mir aus der Verlegenheit helfen willst.« Damit drückte er mir die Hände mit ganz ungewohnter Wärme und verschwand die Treppe hinauf.

Ich stand auf der Diele und starrte ihm nach. Hätte ich irgendeinen heimlichen Weg zu Tante Anna gewusst, ich hätte sie trotz aller »Überraschung« doch lieber erst einmal befragt. Aber die lag sicher schon todmüde in ihrem Bett. So ging ich, über die Schrulligkeit der Männer seufzend, in die Küche.

In der Küche roch es, trotz der späten Stunde, angenehm würzig, als sei eben erst frisch gebraten worden. Im Herd brannte ein Feuer. Ein alle Schrullen vorausahnender Jemand hatte einen großen Steintopf mit Blutwurst bereitgestellt, dazu süße Mandeln, Rosinen, Bratfett ... Während ich die Blutwurst gut mit Rosinen und Mandeln durchknetete und die Klöße dann in die Pfanne legte, wurde mir immer rätselhafter und wunderlicher zumute. Tollatschen, das ist eben süße Blutwurst mit Rosinen und Mandeln gebraten, sind – sparsam genossen – ein recht schönes Schlachteessen. Aber sie sich in der Weihnachtsnacht eine halbe Stunde nach Mitternacht ins Schlafzimmer zu bestellen – das schien mir doch eine Schrulle über alle Schrullen. Und doch musste es richtig sein, musste es seine ganz natürliche Bewandtnis damit haben, denn wie sonst hätten hier auf dem Tisch der ordentlichen Gutsküche Wursttopf, Rosinen und Mandeln sich ein Stelldichein geben können –?

Aus der Diele unten gongte es tief und lang nachhallend halb, als ich mit meinem Tollatschentablett vor der Tür des Schlafzimmers stand. Ich wartete, bis auch der letzte Ton völlig verhallt war, dann klopfte ich zaghaft. Keine Antwort. Doch schien es drinnen hastig zu flüstern, verstohlen zu tuscheln, heimlich zu zischeln. Noch ein Klopfen, kräftiger schon – und die verschlafene Stimme des Onkels: »Wer ist denn da?«

»Ich!«, rief ich. »Du weißt doch ...«

»Was weiß ich? Dass jetzt Nacht ist und ich schlafen will!«

»Aber Onkel –!«, rief ich, schon verzweifelt und den Tränen nahe. »Die Tollatschen, du weißt doch –!«

»Tollatschen!«, schrie der Onkel wütend. »Jetzt Tollatschen –?«

Und Tantes Stimme: »Aber komm doch rein! Was sind denn das für Tollatschen?«

Mir ist wie zwischen Schlaf und Wachen, wie halb im Traume befangen. Gedankenlos stoße ich die Tür zum Schlafzimmer auf, im Schein einer kümmerlichen Nachttischlampe sehe ich den Onkel verstört im Bett sitzen, halb verschlafen, halb wütend. Die Tante aber hat den Kopf auf einen Arm gestützt und sieht mir blinzelnd entgegen. »Was in aller Welt zu dieser Stunde ...«, flüstert sie.

»Die Tollatschen ...«, antworte ich, ebenso flüsternd. Dichter und dichter wird das Geheimnis, verworrener. Ich hier mit meinem lächerlichen Tablett in Händen, bestimmt wache ich gleich auf, und Rieke ruft vor der Tür, dass der Krug mit warmem Wasser bereitsteht. »Zeigen Sie mal her«, sagt der Onkel, der richtige Onkel Hans Lorenz, und ganz unrichtig, aber wie es im Traum eben wieder ganz richtig ist, redet er mich mit Sie an. »Wahrhaftig Tollatschen! Was sagst du, Änne?«

»Dann wollen wir sie also essen, Hans«, sagt meine Tante plötzlich mit ganz heller Stimme. »Es ist wirklich furchtbar nett von dir ...«

»Natürlich ist es furchtbar liebenswürdig von Ihnen«, brummt der Onkel. (Wieder Sie!) »Sie sind doch nicht etwa fett –?«

»Aber du sagtest doch, Onkel!«, flüstere ich verzweifelt den Spuk an. Und ich teile Teller und Messer und Gabeln aus. Und der Onkel sitzt, die Knie angezogen, den Teller vor sich, im Bett und brabbelt leise murrend vor sich hin, und die Tante stochert mit der Gabel.

»Nehmen Sie doch Platz«, sagt der Traumonkel verbindlich. »Wo Sie sich solche Mühe gegeben haben!«

Ich kämpfe mit den Tränen, aber gehorsam setze ich mich und starre vor mich hin. »Verdammt fett«, höre ich den Onkel halblaut sagen. »Kriegst du's runter, Änne?«

»Schlecht«, antwortet die Tante. »Aber Tollatschen sind so blutbildend!«

»Auch nach Mitternacht?«, knurrt der Onkel. Und dann wieder nur noch das leise kratzende Geräusch von Messer und Gabel auf den Tellern. Vor den Fenstern geht, stark genug, der Weihnachtswind. Jetzt prasselt es, sicher treibt wieder Schnee.

»Ach nein, Hans, bitte, nein«, höre ich die Tante aufgeregt flüstern. Ich schaue hoch. Plötzlich ist es, als sei das Licht heller geworden – oder geht solch Schein von Tantes Gesicht aus? Wie Helle liegt

es auf ihm – Lächeln und eine Spur Verlegenheit. Doch vor allem Lächeln, heiteres, fröhliches Lächeln. Sie starrt zum Onkel hinüber. Der isst jetzt, auch völlig verwandelt, mit fast genießerischem Eifer. Auch sein Gesicht scheint heller – freut er sich denn nun? »Solch ausgezeichnete Tollatschen«, sagt er eben. »Doch eine großartige Idee. Ich habe richtig wieder Hunger bekommen.« Er legt Messer und Gabel hin und lächelt erst Tante, dann mich an. Und nun – aber was ist das? – greift er mit den Händen auf den Teller, fasst mit den Händen einen Tollatsch, führt ihn zum Munde und fängt an, den Tollatsch abzunagen ...

Ich reibe mir die Augen. Ich starre. Ich wundere mich. Ich glaube und verstehe nichts – und außerdem will ich es nicht wahrhaben, es bleibt doch dabei: Der Tollatsch hat einen Knochen, den der Onkel zierlich zwischen Daumen und Zeigefinger hält. Der Knochen ist knusprig-bräunlich gebraten, nicht so schwärzlich, wie Tollatschen aussehen – und an dem Knochen hängt gutes, schön gebratenes Gänsefleisch!

»Sehr gute, ausgezeichnete Tollatschen«, murmelt der Onkel.

Ich hole tief Atem, nehme alle Kraft zusammen, wende den Blick von der unbegreiflichen Verwandlung ab und sehe auf die Tante. Tante Anna schneidet eben bedachtsam ein schönes Stück Gänsebrust. Keine Spur von Tollatschen, braves, herrliches Gänsefleisch. Bratäpfel sind auch auf dem Teller!

Nein, ich bin Lehrerin – und wenn auch nur bei Abecisten, umso sicherer ist der Grund, auf dem ich lehre. Zweimal zwei macht vier plus fünf gibt neun weniger neun gibt null, und Tollatschen sind kein Gänsebraten. Ich springe auf. In dieser Sekunde wusste ich wirklich nicht mehr, ob ich träumte oder wach war, und außerdem hatte ich damals grade meinen Kummer mit Kurtchen, den ich dann später auch geheiratet habe, und war mit den Nerven nicht ganz beisammen.

»Sehr gute, vorzügliche Tollatschen«, hörte ich den Onkel grade noch schmatzen. Jawohl, mein gebildeter, ekelhafter Onkel schmatzte gradezu. Die Tränen stürzten wie Bäche aus meinen Augen, ich lief zur Tür, rannte hindurch und schlug sie mit solcher

Gewalt hinter mir zu, dass das Haus erdröhnte. Dann stand ich wieder auf der Diele; ganz wirklich, sehr müde, völlig zerschlagen und verzweifelt stand ich auf der Diele und schwor mir zu: Morgen mit dem ersten Zug fahre ich. Dieses lasse ich mir denn doch nicht bieten!

Und grade als ich das dachte, fing die große Uhr an zu schlagen, erst die vier helleren Schläge zur vollen Stunde und dann einmal tief und lange nachhaltend: eins!

Geisterstunde vorbei dachte ich. Ich, eine geprüfte, angestellte Lehrerin, dachte in dieser Stunde an Gespenster, Spuk und dergleichen! Und alles wegen solcher dämlichen Tollatschen, die ich nie wieder anrühren würde. Dann ging ich ins Bett, und ich törichte Gans weinte mich richtig noch in Schlaf. –

Ich bin natürlich am nächsten Morgen nicht gefahren. Dazu habe ich viel zu gut geschlafen, ich habe sogar Riekes Warm-Wasser-Ruf überhört. Aber ein komisches Gefühl war es doch, ins Frühstückszimmer zu treten, und da saß der Onkel vor seinen Briefen und sah genau so trocken und wirklich wie sonst aus, und wenn es mir so vorkam, als werfe mir Tante Anna einen prüfenden Seitenblick zu, so kam es mir eben vielleicht nur so vor!

Aber guter Rat kommt über Nacht – ich tat das Vernünftigste, was ich nur tun konnte, ich packte den Stier bei den Hörnern, stellte mich vor den Onkel hin und fragte ganz unschuldig: »Wie wäre es mit ein paar Tollatschen, Onkel Hans?«

Und in demselben Augenblick warf der Onkel auch schon seinen Brief hin, fuhr hoch, starrte mich an und fing an zu lachen, zu lachen ... Und auch Tante Anna stimmte ein – und aus diesem Lachduo wurde sogleich ein Terzett, denn sofort zerstob auch der letzte Zweifel, der etwa aus der Nacht noch in mir genistet hatte, und ich wusste gleich, dass sie sich nur ihren Spaß mit mir gemacht hatten und dass ich nur den Esel abgegeben hatte, auf dem sie ihre Säcke zur Mühle geschafft hatten. »Die Mimi ist richtig«, rief der Onkel begeistert. »Die reist nicht ab wie die Mama!«

Die Mama – da war die Katze nun wirklich aus dem Sack. Und nun erfuhr ich, mit vielen Zwischenrufen, und keiner von den beiden Erzählern gönnte dem andern das Wort, nun erfuhr ich, dass es hier in Baumgarten vor dreiundzwanzig Jahren eine Mama gegeben hatte – natürlich Tante Annas Mama.

»Und sie war wirklich sehr gut und hilfreich, Mimi. Aber vielleicht war sie ein bisschen zu hilfreich. Und Hans hat sich auch nie überwinden können und hat sie nie anders als mit Sie angeredet. – Nein, Änne, sie war schon ein richtiger Drache, und dass sie ein sanfter Drache war, ändert nichts an ihrem Drachentum. Weißt du noch, wie du eine Woche Haferschleim essen musstest, weil sie fand, du sähest blass aus, und dir fehlte gar nichts?! – Ach Gott, ja, und wie sie zum Getreidehändler Dörnbrack fuhr, Hans, mit dem du eine Differenz um zweihundert Mark hattest. Und sie brachte ihm einfach das Geld – ›Damit mein Schwiegersohn sich nicht mehr so ärgert!‹ –, das Geld, das uns zukam, und sie sparte es dann wieder beim Essen ein! – Und weißt du noch ...?«

Onkel und Tante verloren sich in Erinnerungen, und die Tollatschen wären wohl ganz vergessen worden, hätte ich nicht sanft daran er-

innert. »Ja, richtig, die Tollatschen ... Siehst du, man kann doch eine Mutter nicht so einfach aus dem Haus schicken, wenigstens meinte Hans das. Ich hätte es ihr schon sachte mit der Zeit beigebracht ...«

»Denkst du! Nie wäre sie gegangen ohne mich!«

»Siehst du, Mimi, so sind eben die Männer. Er hat es viel schlimmer gemacht und sie zu Tode gekränkt, bloß weil er es ihr nicht direkt sagen mochte.«

»Erlaube mal, Änne ...«

»Die Tollatschen!«, mahnte ich.

»Also vor Weihnachten wird doch immer so viel geschlachtet – und wo soll man mit all dem Blut hin? So gab es denn Abend für Abend Tollatschen, und so gerne wir sie dann und wann aßen, wir hatten sie recht über. Und ich erkundigte mich bei Mama so leise, was es wohl am Weihnachtsabend geben würde ...«

»Aber doch Tollatschen, Kind. Es sind doch noch so viele da, und sie sind doch sooo blutbildend«, äffte Onkel mit hoher, piepsender Stimme nach.

»Und da schworen es sich Onkel und ich, dass wir nicht nur Tollatschen zum Weihnachtsabend haben würden. Und als Mama zu Besorgungen in der Stadt war – sie erledigte ihre Besorgungen immer erst im letzten Augenblick –, machte ich uns eine hübsche Gans fertig, und die wollten wir allein für uns essen. Und am Abend rührten wir wirklich die Tollatschen kaum an, und wie dann alles vorbei war und es war still im Haus und jeder in seinem Zimmer, machte ich ihm eine Keule und mir ein Stück Brust warm, und mit unseren Gänsebraten stiegen wir ins Bett und wollten uns recht gütlich tun. Da klopfte es …«

»Zwölf Uhr dreißig, Änne«, rief der Onkel mit Grabesstimme, »und kaum haben wir die Teller unterm Bett, ist die Mama auch schon im Zimmer und sagt: ›Ich bring euch was zu essen, Kinder. Ihr müsst ja halb verhungert sein. Ich habe wohl gesehen, ihr habt vor Vorfreude nichts gegessen von den Tollatschen, und da habe ich sie euch noch einmal warm gemacht – mit leerem Magen lässt es sich nicht schlafen!‹ Und schon hatten wir die Teller in der Hand, und das verfluchte Zeugs …«

»Ja, du hättest Onkel Hansens Gesicht sehen müssen, Mimi! Und Mama richtete es sich auch ganz gemütlich ein und fing an, das Fest und alle Geschenke und alle Briefe durchzusprechen, und dazwischen ermunterte sie uns immer wieder, doch auch ordentlich zu essen … Da plötzlich fühlte sie es förmlich, wie es bei Onkel riss. Plötzlich war es bei ihm alle, und eins, zwei, drei, als Mama grade nicht hinguckte, hatte er die Teller vertauscht, meinen wie seinen, und nun aßen wir Gänsebraten, statt in Tollatschen zu stochern …«

»Jawohl, nach dem ersten Schreck aß deine Tante wacker mit, und so muss eine Frau auch sein, Mimi, mit dem Mann durch dick und dünn. Es war großartig. Und dann das Gesicht von Mama – sie glaubte einfach ihren Augen nicht …« Der Onkel freute sich noch, wie vor dreiundzwanzig Jahren.

»Eigentlich tut mir die alte Frau noch heute leid«, sagte die Tante ganz nachdenklich. »Sie hat – ganz anders als du, Mimi – gleich begriffen. Wir waren für sie immer wohl Kinder, und dies war eine richtige, sehr böse Kinderungezogenheit, für die wir doch wohl selbst ihr zu alt waren. Am nächsten Morgen war sie natürlich fort. Aber gottlob habe ich es noch erlebt, dass sie uns verziehen hat, sogar gelacht hat sie darüber, und das ist nur gut, sonst möchte ich diese Erinnerungsfeiern gar nicht, Hans!«

»Und so habt ihr denn –?«, fragte ich atemlos.

»Jawohl«, sagte die Tante. »Das lässt sich dein Onkel nicht nehmen. Jedes Weihnachtsfest seitdem haben wir das Wunder des Tollatsch gefeiert, er nennt es seine Befreiungsfeier.«

»Und wer da alles schon an deiner Stelle gesessen hat, Mimi!«, schwelgte der Onkel. »Manche haben richtig gekreischt und an Gespenster geglaubt.«

»Männer sind eben Kinder«, sagte Tante Anna. »Sie können das Spielen nicht lassen.«

Ich nickte ernst. Ich dachte an Kurtchen, der mir auch Kummer machte – aber schließlich habe ich ihn doch geheiratet, trotz aller Erfahrungen von Tante Anna mit Mamas, Tollatschen und Onkels.

Der parfümierte Tannenbaum

Weihnachten war gekommen und war vorübergegangen. Es war ein stilles, kleines Weihnachten gewesen, mit einer Tanne im Topf, einem Selbstbinder, einem Oberhemd und ein Paar Gamaschen für den Jungen, mit einem Umstandsgürtel und einer Flasche Eau de Cologne für Lämmchen.

»Ich will nicht, dass du einen Hängebauch bekommst«, hatte der Junge erklärt. »Ich will meine hübsche Frau behalten.«

»Im nächsten Jahr sieht der Murkel schon den Baum«, hatte Lämmchen gesagt.

Im Übrigen hatte es stark gerochen, und die Flasche Eau de Cologne war schon am Weihnachtsabend alle geworden.

Wenn man arm ist, kompliziert sich alles. Lämmchen hatte sich das ausgedacht mit der Tanne im Topf, sie wollte sie weiterziehen, im Frühjahr umtopfen. Im nächsten Jahr sollte sie der Murkel sehen, und so sollte sie immer größer, immer strahlender, im Wettwachsen gleichsam mit dem Murkel von Weihnachtsfest zu Weihnachtsfest wandern, ihre erste und einzige Tanne. Sollte.

Vor dem Fest hatte Lämmchen die Tanne auf das Kinodach gestellt. Weiß der Himmel, wie die Katze dahin fand, Lämmchen hatte nie gewusst, dass es hier überhaupt Katzen gab. Aber es gab welche, Lämmchen fand ihre Spur auf der Erde des Topfes, als sie den Baum schmücken wollte, die Spur roch stark. Lämmchen beseitigte, was zu beseitigen war, sie scheuerte und wusch und konnte doch nicht hindern, dass der Junge, kaum war der offizielle Teil der Feier mit Kuss und In-die-Augen-Schauen und Geschenke-Besehen vorüber – sie konnte nicht hindern, dass der Junge sagte: »Du, das riecht hier aber sehr merkwürdig!«

Lämmchen berichtete, der Junge lachte und sagte: »Nichts einfacher!« Er öffnete die Eau-de-Cologne-Flasche und spritzte etwas auf den Topf.

Ach, er spritzte noch oft diesen Abend, die Katze ließ sich betäuben, aber dann erwachte sie immer wieder siegreich zu neuem Leben, die Flasche wurde leer, die Katze stank. Schließlich setzten sie noch am Heiligen Abend den Baum vor die Tür. Es war nicht dagegen aufzukommen.

Und am ersten Feiertag, ganz früh, ging Pinneberg los und stahl im Kleinen Tiergarten ein Häuflein Gartenerde. Sie topften die Tanne um. Aber erstens stank sie auch dann noch, und zweitens mussten sie feststellen, dass es keine in einem Topf gezogene Tanne war, sondern ein Dings, dem der Gärtner alle Wurzeln abgehauen hatte, um sie in den Topf zu kriegen. Ein Blender auf vierzehn Tage.

»Solche wie wir«, sagte Pinneberg und war in der Stimmung, das ganz richtig zu finden, »fallen eben immer rein.«

»Na, nicht immer«, hatte Lämmchen gesagt.

»Bitte?«

»Zum Beispiel, als ich dich gekriegt habe.«

Im Übrigen war der Dezember ein guter Monat, trotz des Weihnachtsfestes wurde der Etat des Hauses Pinneberg nicht überschritten. Sie waren selig wie die Schneekönige. »Wir können es also auch! Siehst du! Trotz Weihnachten.«

Und sie machten Pläne, was sie in den nächsten Monaten mit all ihren Ersparnissen machen wollten.

Die offene Tür

Lini und Max Johannsen heirateten Anfang Dezember. Er war ein alter Junggeselle – um die fünfunddreißig –, er hatte jahrelang auf seinem Hof herumgebrüllt, er war kein sanfter Mensch, und für die Heirat war er auch nicht gewesen. Sie war fünfundzwanzig, zart und blauäugig, und sehr verliebt hatte sie ihren Max herumgekriegt. Schließlich hatten sie beide vor dem Altar »Ja« gesagt und jenen Bund geschlossen, der ... Das weiß man.

Die ersten Differenzen zeigten sich kurz vor Weihnachten. Er hatte einen Anzug aus dem Schrank genommen. Er hatte dabei eines ihrer Kleider vom Bügel gestoßen. Sie hatte gescholten. Da hatte er ihre Kleider aus dem Schrank geworfen. »Weil wir verheiratet sind, brauchen wir noch nicht denselben Kleiderschrank zu benutzen.« Sie fand ihn schrecklich brutal. Das war der Anfang.

Das Weihnachtsfest bekam Max Johannsen gar nicht. Er saß im

Hause herum, hatte nichts zu brüllen, irgendwo anzufassen, zu treiben, sich zu betätigen. Er musste immerzu essen, trinken, rauchen und hatte Gelegenheit, seine Frau den ganzen Tag zu sehen. Ihm fiel auf: Sie kam in sein Zimmer, sie sagte ihm was. Sie ließ die Tür offen, er schloss die Tür. Sie sprachen. Sie ging. Die Tür war auf. Er machte sie zu. Das fiel ihm auf.

Wie gesagt, er war eben unbeschäftigt. Ohne Weihnachten wäre vielleicht nichts erfolgt. So sagte er: »Lini, mach die Tür zu.«

Er sagte: »Die Tür steht auf, Lini.«

Er bat: »Bitte, schließ die Tür, Lini.«

Er stellte fest: »Ihr scheint zu Haus Säcke vor der Tür gehabt zu haben.«

Sie war strahlender Stimmung. Sie kam ins Zimmer gestürzt, erzählte etwas eifrig. Er sah von seinem Zimmer über das Wohnzimmer durch den Vorplatz in die Küche. Er sprach: »Die Tür ist wieder nicht zu, Lini.«

Sie sagte: »Ach, entschuldige!«, und stürzte zu ihrem Putenbraten. Natürlich blieb die Tür offen.

Im Grunde seiner Seele war Max Johannsen ein geduldiger Mensch: Wer mit Tieren umgeht, muss geduldig sein. Die zweite Phase seiner Bemühungen um die offene Pforte war die, dass er Lini verwarnte: »Lini, du musst die Türen zumachen.«

»Lini, es gibt Krach, wenn du die Türen nicht schließt!«

»Zum Donnerwetter, die verfluchte Tür steht schon wieder auf!«

Lini sagte: »Verzeih«, und schloss die Türen oder ließ sie offen, wie es sich grade traf.

Am Abend des zweiten Feiertages sagte Johannsen warnend: »Lini, wenn du jetzt die Türen nicht zumachst, bring ich es dir auf eine Art bei, die dir unangenehm sein wird.«

»Aber ich mach doch die Türen zu, Max«, sagte sie erstaunt, »fast immer.« Ging hinaus und ließ die Tür auf.

In dieser Nacht wachte Johannsen auf. Es zog kalt an seiner Schulter, die Tür stand offen. Leise fragte er: »Lini?«, aber Lini war weg. Johannsen stand frierend auf und schloss die Tür. Er lag wartend. Lini kam, sie legte sich ins Bett. Johannsen spürte wieder den kalten

Zug an seiner Schulter. Er wartete eine Weile, dann stand er auf und schloss die Tür.

Am nächsten Morgen um fünf Uhr hatte er im Ochsenstall eine Unterredung mit Stachowiak. Stachowiak war ein galizischer Bengel, achtzehn oder neunzehn, keine Schönheit. Einige Silbermünzen klingelten, Stachowiak grinste.

Um sechs Uhr stand Frau Johannsen auf. Sie trat aus ihrem Schlafzimmer, beinahe bekam sie einen Schreck: Da stand ein Kerl. Der Kerl grinste, er sagte: »Morgen, Madka«, und dann machte er die Schlafzimmertür zu. Frau Johannsen ging in die Küche. Stachowiak ging auch in die Küche. Sie hatte die Tür aufgelassen, er machte die Tür zu. Frau Johannsen sagte sehr hastig und erregt etwas zu Stachowiak, aber vielleicht war er des Deutschen nicht so mächtig: Er lachte. Frau Johannsen sagte sehr laut: »Raus! Stachowiak, raus!«, und zeigte auf die Küchentür. Stachowiak lief zur Tür, probierte die Klinke und nickte beruhigend: Die Tür war zu.

Lini bekommt eine Idee, sie stürzt auf den Hof und ruft nach ihrem Mann. Stachowiak stürzt hinterher und macht die Türen zu. Herr Johannsen ist aufs Feld geritten.

Zum Frühstück ist Max wieder da. Er sitzt an einem Ende des Tischs, seine Frau am andern. Zwischen ihnen sitzen Inspektor und Eleve, Rechnungsführer und Mamsell. Hinter Frau Johannsen steht Stachowiak. Frau Johannsen sieht, dass das Salz fehlt. Sie stürzt in die Küche, türschließend stürzt Stachowiak nach.

Der Eleve bekommt einen Lachanfall, Johannsen fragt sehr scharf: »Wie bitte, Herr Kaliebe?« Langsamer taucht Frau Johannsen mit dem Salz auf, hinter sich Stachowiak. Das Frühstück verläuft wortlos. Auch die Unterhaltung nach dem Frühstück zwischen dem Ehepaar ist kurz. Max ist Stahl. »Bitten haben nicht geholfen, nun lernst du es so.«

»Ich finde das einfach brutal!«

»Möglich, aber es hilft.«

»Wie lange soll dies Theater dauern?«

»Bis ich überzeugt bin, es hat geholfen.«

»Gut. Du wirst aber sehen ...«

Was er sehen wird, bleibt unklar. Vor der Tür steht jedenfalls Stachowiak.

Und der Hof erlebt das Schauspiel: Wo Frau Johannsen auftaucht, taucht Stachowiak auf. Lini ist ernst, gehalten, düster, sie merkt diesen Ochsenknecht gar nicht. Der Hof merkt ihn sehr. Sie muss das Geflügel besorgen. Stachowiak besorgt mit. Sie sieht nach dem Jungvieh. Stachowiak sieht mit. Ach, Gut Wandlitz ist so weit aus der Welt ... auf dem Hofe, zwischen Stall und Scheune, stehen zwei grün gestrichene Häuschen mit herzförmigem Türausschnitt, Frau Johannsen ist nur ein Mensch. Nun gut, Stachowiak hält treue Wacht, obwohl sie diese Tür bestimmt schließt.

Es wird Abend. Es wird Nacht. Es wird Morgen. Ein zweiter Morgen mit Stachowiak. Die Auseinandersetzung an diesem Mittag zwischen dem Ehepaar ist sehr lebhaft und hat ein Ergebnis: Frau Johannsen langt dem Stachowiak eine! Und wie! Drauf ruft Johannsen den Bengel in sein Zimmer. Wieder klingelt Geld ... und der Türschließer ist gegen weitere Ohrfeigen gefeit.

Doch am schlimmsten ist es am dritten Tag. Frau Johannsen ist grade auf dem Hof, ein Kutschwagen fährt auf die Rampe, Besuch! Frau Johannsen stürzt hin, Stachowiak stürzt mit. Es ist Frau Bend-

ler vom Rittergut Varnkewitz ... Ach, es ist so peinlich, sie gehen in das Haus, und Stachowiak geht mit. Wie sie über den Vorplatz, durch das Herrenzimmer kommen, macht Lini Bewegungen und Laute, wie wenn sie ein Huhn scheucht, aber Stachowiak ist nicht zu verscheuchen. Was muss Frau Bendler denken!

Nun, die Frauen reden eine ganze Weile miteinander. Wenn die Tür aufgeht und das Mädchen mit dem Tablett hereinkommt, sehen sie den Stachu, wie er höflich von draußen die Tür hinter dem Mädchen zumacht. Nun, das öffnet das Herz. Die Frauen weinen und lachen, sie flüstern und sie lachen wieder: Es dauert eine lange Zeit. Schließlich kommt Johannsen auch noch dazu, er kann noch die Einladung für sie beide annehmen, zu Bendlers auf Silvester ... Eine große Ehre ist das. Sicher hat ihm das gutgetan ... Er summt und flötet den ganzen Abend, und am Morgen ist Stachowiak wieder bei seinen Ochsen.

Es ist ein Jammer, dass die junge Frau am Silvesterabend nicht mitkommen kann! Es ist ihre erste Gesellschaft, und sie kann nicht mit! Sie ist krank. Nein, sie ist nicht etwa beleidigt, sie ist sogar sehr nett: Unbedingt soll er fahren. Schließlich fährt er.

Ach, es ist herrlich auf Varnkewitz zu Silvester! Was für ein Essen! Was für reizende Frauen! Was für Weine! Was für Schnäpse! Was für Zigarren! Und sie sind alle so nett zu ihm. Sie prosten ihm zu. Sie schenken ihm immer wieder ein. Sie müssen ihn ja trösten, zum ersten Mal in seinem Leben ist er Strohwitwer ... So eine reizende Frau. Na, trink, Brüderlein, trink!

Hat Johannsen überhaupt noch die zwölfte Stunde erlebt? Er weiß es nicht mehr. Sicher erinnert er sich nur an eines: Auf der Rampe ist Wacker mit dem Jagdwagen vorgefahren, sein braver Kutscher Wacker, genau wie sein Name. Johannsen will einsteigen, aber so ein Jagdwagen hat zwei höllisch steile Stufen, er schafft es nicht. Er lacht und nimmt einen Anlauf, er schafft es nicht. Die andern Herren lachen auch. Schließlich fassen ihn zwei bei den Armen. Sie geben ihm einen Schwung. Ja, er ist drin in seinem Wagen, aber ... er ist auch schon wieder draußen, auf der andern Seite, glatt durchgefallen, wie eine Kanonenkugel hindurchgefeuert.

Die Herren sind schrecklich bestürzt ... er hat sich doch nichts getan? Sie helfen ihm wieder, sie geben ihm wieder einen Schwung, o Gott, da ist die Lehne, ich muss mich festhalten. Wieder draußen! Nein, so geht es nicht. Ein anderer Wagen fährt vor, eine Strohschütte liegt darauf. Sie legen ihn weich, gleich schläft er. Sie könnten Kühe vor diesen Kastenwagen spannen, er würde es gar nicht merken. Aber so sind sie nicht, sie nehmen Ochsen.

Es ist Nacht, als Johannsen aufwacht, ihm ist schrecklich schlecht. Und mit der Klarsichtigkeit der Verkaterten weiß er plötzlich: Sie haben ihn zum Narren gehabt, sie haben ihn nicht ohne Grund so angeprostet ... Sie haben ihn nicht aus Versehen durch den Wagen geworfen. Das Einzige, worin sie die Wahrheit gesagt haben, das war das mit der reizenden Frau. So ein sanftes kleines Wesen, und er solch ein roher Schuft ... Er liegt eine Weile still, es ist ganz dunkel. Sein Bett kommt ihm komisch vor ... Ausgezogen ist er auch nicht ... Hier schnarcht doch was ... O Gott, ist ihm schlecht!

»Lini?«, fragt er leise. Stille.

»Lini?«, fragt er lauter.

»Liebe Lini?« Er tastet neben sich.

Er fasst in Stoppeln. Eine rauhe Stimme fragt: »Panje?«

Licht wird es. Über ihn beugt sich Stachowiak. »Was zu trinken, Panje?« Er liegt in der Kammer vom Stachu, beim Stachu.

Was ist noch zu erzählen? Max Johannsen ist ganz sanft und leise über den Hof in sein Haus gegangen. Er hat sich in sein Zimmer gesetzt und hat nachgedacht. Ziemlich lange Zeit hat er gehabt, dann war der Neujahrsmorgen da, und die Lini kam ins Zimmer.

Er hat Zeit gehabt zum Nachdenken. Umso besser ist es ihm geglückt, ihr ein neues Jahr zu wünschen, und mit »neues« hat er wahrscheinlich wirklich etwas Neues gemeint, was die meisten Gratulanten nicht behaupten können.

Weihnachten der Pechvögel

Ich möcht wirklich gern mal wissen, wie das bei andern Leuten mit ihren Festtagen und besonders mit Weihnachten ist, ob da alles wirklich immer klappt? Natürlich tun wir stets so, als sei auch bei uns alles in Ordnung, aber ich hab noch kein Weihnachtsfest erlebt, wo's glattging bei uns. Dass eines von uns zum Fest todsterbenskrank wird, das ist noch 'ne Kleinigkeit, aber was meint ihr zu 'nem Heiligen Abend, wo 'ne halbe Stunde vor der Bescherung uns Einbrecher alle Geschenke einschließlich Baum und Festbraten klauten? Oder ein Fest mit Stubenbrand, Feuerwehr und Wasserschaden? Oder ein bunter Teller, auf den ein von uns nie entdeckter Witzbold zwischen die Süßigkeiten Laxinkonfekt geschmuggelt hatte, und wir mussten die ganzen Festtage laufen, laufen, laufen –?!!

Das kommt natürlich alles daher, dass wir »Pech« heißen; wer Pech heißt, muss Pech haben, sagt Vater immer. Vater hat noch 'ne ganze Menge solcher verschrobenen Redensarten, zum Beispiel sagt er oft, auch wenn alle Leute dabei sind, ganz laut: »Auf mir trampeln se alle egalweg rum!« oder: »Ich bin ja nur ein Wurm!« oder wenn ihm wer die Hand geben will: »Achtung! Wer Pech anfasst, besudelt sich!«.

Ihr macht euch aber ein ganz falsches Bild von Vatern, wenn ihr euch einbildet, Vater ist ein solch demütiger, schleichender Waschlappen; im Gegenteil, Vater ist ein Mann, auf den jeder Junge stolz sein kann, und das bin ich auch! Vater hat sich bloß daran gewöhnt, an das Pech, das uns zustößt und das jeden andern längst zum Selbstmord getrieben hätte, einfach komisch zu nehmen. Ja, manchmal denke ich, Vater mag es gar nicht, wenn irgendwas bei uns so glattgeht wie bei andern Leuten. Da wird er ganz unruhig! Wenn Vater sich morgens rasiert, singt er immer ein selbst gedichtetes und selbst komponiertes Lied, in dem so 'ne Zeilen vorkommen: »Dem Schicksal meine zottige Brust!« und »Gelobt seist du Pech, du machst mich nur frech! Ich winsele nie, werde kein demütiges Vieh!«.

Ich selbst heiße Peter Pech, gehe in die Obertertia und bin wirklich gespannt darauf, ob ich dieses Mal versetzt werde. Voriges Mal bin ich kleben geblieben, aber das lag wirklich weder an meinen Geistesgaben noch an meinem Fleiß, sondern allein an meinem Pech – aber das ist eine ganz andere Geschichte, wie Kipling sagt. Diese Geschichte aber, wie's vorige Weihnachten 1945 bei uns zuging, erzähle ich, der Obertertianer Peter Pech, nur darum, um sie an eine Zeitung zu verkaufen. Ich brauche nämlich Geld, nicht nur so dringend wie immer, sondern diesmal extraextradringend, weil ich nämlich all meine für Geschenke gesparten Piepen an Vater abgeliefert habe. Davon und von sonstigen milden Gaben der Familie hat er die Gebühren für einen neuen Gasanschluss bezahlt – wir haben nämlich endlich Gas in unsere Hausruine gekriegt, was ja an sich erfreulich ist, aber warum wird so was grade vierzehn Tage vor dem Fest kassiert –?! Aber natürlich: Pech der Pechvögel!

Schon lange vorm Fest bestimmt Vater immer, wer was zu besorgen hat, auf mich fiel 1945 der Tannenbaum mit seinen grünen Blättern. Wir hatten uns natürlich lange überlegt, ob wir überhaupt Weihnachten feiern sollten. Der Zusammenbruch lag uns noch schwer in den Gliedern, und in unserer trauten Ruine fehlte es uns auf vielen Gebieten noch an dem Nötigsten. Aber dann haben wir an unsere Zwillinge gedacht, an Palma und Petta, wie wir unsere beiden sechsjährigen Pechösen, meine Schwestern, nennen – die ohne Weihnachtsmann und Lichterbaum zu lassen, wäre zu gemein gewesen! Ich sollte also einen Baum besorgen. In den Zeitungen stand nun freilich zu lesen, dass es Bäume zu kaufen geben würde ... zwar nicht für alle ... aber bestimmt für kinderreiche Familien ... und zu sechs Geschwistern sind wir ziemlich kinderreich. Aber so ein glatter Weg kommt für Pechens nie infrage: Sich auf so etwas zu verlassen, wäre eine Herausforderung des Himmels gewesen!

Viele fuhren ja auch einfach mit der Bahn und organisierten sich 'ne Tanne: Bei so was aber wäre ein Pech stets reingefallen. Dasselbe war gegen eine bildschöne Blautanne zu sagen, die hinter einer ausgebombten Villa ziemlich in unserer Nähe stand – mein Herr Bruder, der Quartaner Paul Pech, hatte mich auf dies Bäumchen aufmerksam gemacht. (Übrigens: Vater hat uns Kindern allen Vornamen mit »P« gegeben, er meint, wir machen die Leute am besten gleich auf unser Pe-Pech aufmerksam!)

»Nee, Paule«, habe ich zu meiner brüderlichen Liebe gesagt. »Nich in die Lamäng! Wenn ick – un ick will die Blautanne holen, denn isse bestimmt schon wech, un außerdem schnappen die mir, un immer feste rin ins Loch – nee, is nich! Un drittens, un übahaupt: Wat heeßt hier Blautanne?! Sind wa Pechs etwa blaublütich –?! Wie kommen wa zu so wat feenet?! Fichte, sa' ick dir, schlichte Fichte, aus die se dermaleinstens unser schlichtet Jrabjehäuse zimmern wern; Fichte is Pechens ihre Parole!«

Auf dem Pennal haben wir in unserer Klasse einen bärtigen Knaben gehabt, dessen Vetter, von dem der Vatersbruder, also so was wie 'n Stiefonkel, der ist Förster bei Falkensee in der Drehe. Mit dem Knaben bin ich schnell handelseins geworden; er lieferte mir 'ne Fichte

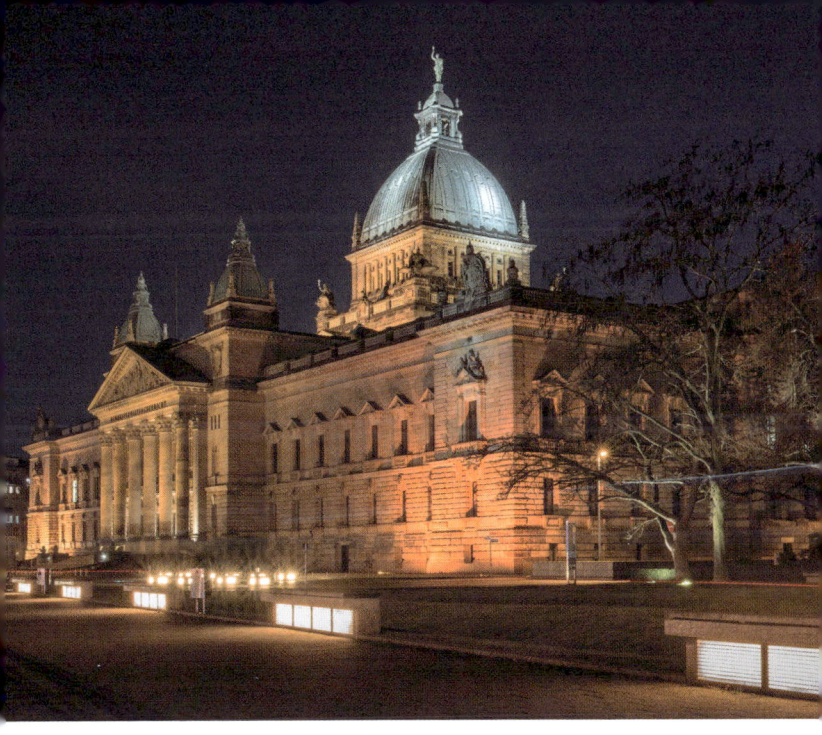

von 3 m 20, und ich lieferte ihm ein halbes Jahr lang alle deutschen Aufsätze, im vorbildlichen Pechstil. Als Liefertermin – denn ich bin ein Pech, das heißt ein vorsichtig-misstrauischer Mensch – war der 1. Dezember vorgesehen. Aber bereits um den 7. herum begriff ich, dass mein Knabe hinreichend langsamen Geistes war, um mir bestenfalls zum 1. Dezember 1946 besagte Fichte zu liefern – seine Gangschaltung war nicht in Ordnung, für diese Zeiten kam der Frühbebartete zu langsam auf Touren.

Musste ich also 'nen andern Lieferanten finden, und allmählich, das heißt so am 8. Dezember, wurde es ja auch an der Zeit. Zu meinen Ämtern gehörte es auch, Bier aus unserer Eckkneipe zu holen, wenn Pechens sich gerade mal Bier spendierten. So 'ne Eckkneipe ist heutzutage ein komischer Ort – aber welchem Berliner muss ich das erst noch weitläufig deklarieren?! Kurz, durch die Eckkneipe ergab sich die Möglichkeit, einen Tannenbaum zu erwerben.

Unsere Wirtin Qualle (von wegen ihrer Wabbligkeit so getauft) machte mich mit einem biederen Greis bekannt, einem Alten, Besitzer sowohl eines graugelbweißen Schnauzbartes als auch eines Dauer-Nasen-Tropfens, der immer zu drippen drohte und doch nie fiel. Der Alte besaß, wie Qualle gehört haben wollte, in Buchholz ein Baugrundstück, auf dem er ... aber lassen wir den ehrlichen Alten selber sprechen!

»Weeßte, junger Mann«, sprach der Greis und funkelte diamanten unter der Nase, »weeßte, ick ha' da noch an de Stücker een Dutzend Christbäume stehen. Ick broochte dir nicht, aba ick ha't int Kreuze, ick kann mir nicht bücken. Daderdrum, vastehste?! Du machst Stücker viere ab und schleppst se bei Muttan, und daderfor sollste eenen von die viere kriejen, ohne Spesen!«

»Ick wer meenen Bruder Paule mitnehmen!«, sagte ich.

»Nischt!«, antwortete der weißgelbgraue Schnauz. »Nischt wie Beil un Büjelsäje. Nee, Säje, kannste ooch sparen, Beil jenügt. Un knöpp et dir untan Überzieha, sonst latschen uns jleich sechse nach, un ick bin meene Bäume los!«

»Ick wert Beil in 'ne Aktentasche tun«, schlug ich vor. »Aber Paule könnte trajen helfen!«

»Nischt!«, sprach der trutzige Greis von altem Schrot und Korn. »Nur wa zwee beede. Sonst nischt. Um sechse früh uff en Sonntag bei die Pankower Kirche!«

»Um sechse is doch noch dunkel!«

»Nischt! Eh wa raus sind, ist helle!«

Am Sonntag hat mich der Biedere versetzt und sich am Dienstag, als ich ihn glücklich in der Eckkneipe erwischte, mit Reißmatüchtich entschuldigt. Er konnte erst wieder am kommenden Sonntag – und das war verdammt knapp von wegen direkt drohendem Fest. Zu Haus haben mich sämtliche Pechvögel schon verastet, Paulus verstärkte, wie er sagte, seine Pupille auf die Blautanne, Mutter jammerte ein bisschen wegen der Festfreude von Palma und Petta, und Vater sagte: »Auf uns trampeln se eben alle rum!«

Aber am Sonntag, der kam, fuhren wir wirklich mit der 49 nach Buchholz raus, der Schnauz hatte mich nicht versetzt diesmal. Nasentröpfchen rauchte aus einer halblangen Porzellanpiepe, auf deren Kopf Seine Majestät der Kaiser noch in Kürassieruniform residierte, gewaltige Wolken stinkenden Eigenbaus blasend, als wir, es wurde grade dämmrig, durch Buchholzens Kleingärten marschierten. Erst kam Kolonie Ertragreich, ihr folgte Kolonie Parkheim. Dann gingen wir um viele Ecken, ich war ganz verbiestert.

Schließlich hielt der rüstig fürbass Schreitende inne. Es war ein mächtig feines Grundstück, groß, mit alten Bäumen und viel Gebüsch und einem durablen Drahtzaun rum. Ich fragte: »Und das Grundstück gehört Ihnen. Das muss ja ein paar Hunderttausend wert sein!«

»Nischt!«, antwortete er wieder einmal. »Meenem Sohn seine Frau. Aba ick ha' de Vawaltung!«

Er kramte in seinen Taschen nach dem Schlüssel und rauchte dabei wie eine Enttrümmerungslokomotive. Er kramte ziemlich länglich.

»Na –?«, fragte ich schließlich.

»Nischt!«, antwortete er und gab's auf. Er nannte mich und mein Schicksal beim Namen, ohne es zu wissen. »Pech!« nannte er's. »Ich ha' den Schlüssel noch uffen Tisch jepackt. Un nu doch vajessen! Hilft nischt! Müssen wa noch mal raus! Nächsten Freitag kann ick!«

Ich war maßlos enttäuscht. »Freitag is ville zu spät! Können wa nich jleich heut noch ma?!«

»Nischt! Vaabredung!«

»Aber ich muss endlich einen Baum kriegen! Ich hab mich fest auf Sie verlassen!« (Vor Verzweiflung sprach ich richtig Deutsch!)

»Un ick valass dir nich! Freitag. Pankower Kirche. Sechse!«

»Das ist zu spät!«, rief ich wieder. Ich dachte an die Zwillinge Petta und Palma, auch an den Flachs von Paul, Pamela, Petra und Vater.

»Ach was!«, rief ich. »Helfen Sie mir rüber! Ich schaff es schon!«

»Wenn de meenst, du schaffst det!«

Ich kletterte schon am Zaun hoch, mit einem Fuß stand ich auf der Klinke. Es ging – ich kam ganz glatt auf die Erde.

»Reichen Sie mir mal die Aktentasche rüber! – Wo stehen die Bäume denn?«

»Imma de Neese lang, Hauptwech runter! Denn rechts ab, bis de det Glasdach vont Jewächshaus sehen tust. Denn links – da stehn se. Nimm de vier besten; ick wart denn hier!«

Ich gehe los; einmal habe ich mich auch verbiestert, aber dann habe ich doch hingefunden – es wurde jetzt langsam hell. Die vier besten habe ich nicht nehmen können, die waren für die Elektrische viel zu groß; ich habe die vier kleinsten genommen, die waren auch noch schön genug. Überhaupt war's eigentlich schade darum, sie waren wie 'ne richtige Mauer um eine Bank rum gepflanzt, hoffentlich war die Schwiegertochter von dem Alten wirklich mit dem Abhauen einverstanden. Aber das war nicht meine Sache.

Also, ich hab sie abgehauen und bin grade dabei, die Zweige mit Bindfaden, den ich mir eingesteckt hatte, ein bisschen zusammenzubinden, da krieg ich einen Schlag ins Genick, dass mir schwarz vor den Augen wird und ich glatt auf meine Fichten fliege. Ich rappel mich gleich wieder, stehe auf, da kriege ich einen Schwinger, dass ich wieder zur Erde muss – sie hätten mich auszählen können. Schließlich war ich so weit, dass ich die beiden Kerle wütend anschreien konnte: »Lasst das mal gefälligst! Ich hab Erlaubnis!«

»So!«, sagte einer in einer grünen Joppe. »Erlaubnis –? Von wem haste denn die Erlaubnis, Sehnchen?«

»Von dem ...« Fällt mir doch ein, dass ich von dem Alten nicht mal den Namen weiß. »Na – von dem Schwiegervater der Besitzerin doch!«

»Ach nee?«, grinst nun der andere in braunen Manchesterhosen. »Schwiegervater von der Besitzerin – gibt's so was auch? Wer ist denn das?«

»Namen weiß ich keinen«, sag ich immer noch wütend und steh auf. Mein Gesicht brannte wie Feuer. »Aber Sie müssen den Alten doch kennen! Hat 'ne Porzellanpfeife mit dem Kaiser drauf und immer einen Tropfen an der Nase!«

Der Manchesterne will was sagen, aber der Grüne lässt ihn nicht zu Worte kommen, sondern fragt: »Wo haste denn den Schwiegervater mit dem Nasentroppen?«

Ich beschrieb ihnen genau, wo er stehen musste.

Die Joppe sagte: »Hol dir noch Ernst und Willi zu und sieh, dass du den Alten fängst – wenn's den überhaupt gibt. Mit dem Sehnchen

hier werde ich schon allein fertig.« Der Manchesterne zog ab, und die Joppe sagte: »Sehnchen, das werden teure Weihnachtsbäume! Da kommste ohne Kittchen nich von ab!«

Bei den Worten wurde mir erst klar, in welch verdammter Mausefalle ich steckte. Ich dachte an Vater, an das Pennal – über die Familie würde ich Schande bringen, und auf dem Pennal würde man mich schassen! Ich überlegte rasch: Ich hatte nichts bei mir, was mich verraten konnte (damals gab's die Kennkarten noch nicht). Wenn ich ihnen meinen Namen nicht nannte, wenn ich unter dem Namen Schmidt oder Schulze meine Strafe abbrummte, würden die Eltern sich schreckliche Sorgen machen, aber mehr als zwei Wochen konnte ich auch im Höchstfalle eigentlich nicht kriegen, und dann waren Ehre und Schulbesuch gerettet. Ich durfte nur meinen pechösen Pechnamen nie verraten.

Während ich so überlegte, habe ich meine Kleider so einigermaßen wieder in Ordnung gebracht, und mein Bewacher sagt nun: »Na, denn nimm die Bäume und kommt mit!«

Ich tat, wie er gesagt hatte. Wir mussten nur um ein paar struppig-dichte Gebüsche herumgehen, da standen wir schon vor einer Gebäudegruppe. »Großgärtnerei und Baumschulen Hoppe & Co.« las ich. Nur ein vollendeter Trottel wie der alte »Nischt« konnte auf die Idee kommen, so in nächster Nähe von bewohnten Gebäuden auf die Tannenbaumernte zu gehen, die mussten den Klang meines Beiles in ihren Stuben gehört haben! Aber, fiel mir ein, so ein vollendeter Trottel war der Alte gar nicht, der lief, da ich nichts von ihm wusste, nicht das geringste Risiko: Wenn ich was brachte, war's gut; fiel ich aber rein, fiel ich allein rein!

Auf dem Hof der Gärtnerei, von dem auch der Hauptausgang zur Straße war, standen an ein Dutzend Leute, auch Frauen darunter, und sie schienen nicht übel Lust zu haben, mir noch eine kräftige Abreibung zu verpassen, als ich meine Tannenbäume ablud. Aber mein Begleiter hinderte sie daran. Ich wurde in ein Büro gebracht und dort von zwei jungen Gärtnergehilfen bewacht, während mein Begleiter den Chef wecken ging. Unterdes kam die Manchesterhose mit Willi und Ernst zurück; wie ich schon gefürchtet hatte, war Nasentröpfchen verschwunden. Ich beschwor sie, rasch einen Radfahrer zur Endhaltestelle der 49 zu schicken – aber sie glaubten mir kein Wort mehr von dem Alten. Das war der große Unbekannte, auf den sich anscheinend alle Verbrecher rausreden.

Dann kam der Chef; er hatte ein nettes, offenes Gesicht, aber jetzt war er sehr ärgerlich: Ich hatte den Lieblingsplatz seiner Frau grausam geschändet. Sie fingen an, mich zu vernehmen, später kam jemand von der Polizeiwache und vernahm mich auch. Aber eigentlich war nichts zu vernehmen. Ich gab an, Hans Schmidt zu heißen, in der und der Straße zu wohnen und den Alten in einer Kneipe, an die ich mich nicht erinnerte, kennengelernt zu haben. Ich hatte mit gutem Gewissen die Tannenbäume holen wollen. Das war alles, was ich zu wissen vorgab, und nach drei Stunden Vernehmung waren sie noch nicht weiter: Ich kann auch mächtig dickköpfig sein! So schafften sie mich denn auf die Wache und vernahmen mich dort mit dem gleichen Misserfolg weiter. Am Abend war ich im Hauptpolizeigefängnis gelandet, und am nächsten Tage wurde ich von einem richtigen Kriminalbeamten vernommen. Aber der erreichte auch nicht mehr als die andern. Ich dachte immer nur an die Schande, die ich meiner Familie machen würde, und an den Rausschmiss aus der Schule. Dazu hatte ich noch irgendwelche Kriminalromane im Kopf, nach denen es sehr gut möglich war, sich unter einem falschen Namen verurteilen zu lassen und unter einem falschen Namen seine Haftstrafe abzubüßen.

Es dauerte sehr lange, bis ich begriff, dass so was – vielleicht! – woanders möglich ist, aber nicht bei uns. Bei uns würde man mich so lange in Polizeihaft halten, bis sie meinen richtigen Namen raushatten, und wenn das Wochen dauerte! Aber ich war damals begriffsstutzig, es wollte nicht in meinen Kopf rein. Dabei machten mich die Haft und das herannahende Weihnachtsfest immer trübsinniger, ich dachte ständig an die zu Hause, die Todesangst, die sie um mich ausstehen mussten, das völlig verdorbene Fest. Ich war der Pechöseste aller Pechs, noch keinem Pech hatte das Schicksal so mitgespielt wie mir. Ich kam, als es nun wirklich der Tag vom Heiligen Abend geworden war, sogar so weit, dass ich die Heizungsrohre in der Zelle prüfend anschaute und die Schlafdecke, erst mal in Gedanken, in Streifen zerriss; ich spielte mit dem Selbstmord.

Aus diesen düsteren Gedanken wurde ich wieder mal zu meinem Kommissar zur Vernehmung geholt, und wie ich da die Stube betrete, sagt eine geliebte Stimme: »Richtig, Herr Kommissar! Dieser Hans Schmidt ist recte ein Peter Pech – Peter, du Unglücksrabe, komm zu deinem alten Vater!«

Ich bin Vatern in die Arme gestürzt und habe geheult, geheult habe ich! Und mit meinen Tränen habe ich all meine Blindheit und Torheit fortgewaschen, und als ich mein Gesicht endlich wieder abgetrocknet hatte, fing ich zu erzählen an, die Wahrheit, die ganze Wahrheit, nichts als die Wahrheit, von der Eckkneipe, der Qualle, von Nasentröpfchen, dem Besitzer eines Nasentröpfchens, dem Schwiegervater, einem großen Baugrundstück mit altem Parkgrundstück ...

»Ja, so wird ein Schuh draus!«, sagte der Kommissar und machte ein zufriedenes Gesicht. »Und hören Sie mal zu, mein Sohn ...«

Und dann hielt er mir eine gepfefferte Strafpredigt über all die Mühe und Arbeit und die Kosten, die ich währenddes dem Vater Staat gemacht hatte. Worauf ich mit Vater gehen durfte. Himmel, wie mir zumute war, als ich die Straße betrat, endlich frei! Ich dachte an all die Unglücklichen, für die kein Vater grade zur rechten Stunde am Weihnachtstag einsprang, sie in Fest und Freiheit zu führen, und ich dachte auch daran, wie ich durch meine eigene Dummheit beinahe um all dies gekommen wäre.

Vater sagte mir das auch. Er meinte, grade wenn man ein Pech sei und heiße, habe man die Pflicht, einem widrigen Schicksal entgegenzuwirken und es nicht durch Unbedachtheit und Torheit zu unterstützen. Ich möge gefälligst einmal an die Todesangst denken, die ich der ganzen Familie Pech, der Mutter zuvor, eingejagt hätte; und dass sie auf den Gedanken gekommen wären, den als vermisst gemeldeten Sohn erst einmal unter den Polizeigefangenen zu suchen, das hätte ich allein meinem Bruder Paul zu verdanken, dem grade zur rechten Zeit meine Weihnachtsbaumbesorgung eingefallen sei!

Dass unser Weihnachtsfest 1945 kein voller Erfolg war, kann sich jeder denken. Petta und Palma fanden, dass ein Tannenzweig, mit drei Lichtlein besteckt, kein Ersatz für einen funkelnden Weihnachtsbaum ist, und wir Großen standen alle noch zu sehr unter dem Eindruck der Angst, die wir in den letzten zwei Wochen ausgestanden hatten. Ich denke, Weihnachten 1946 wird in jeder Hinsicht ein größerer Erfolg werden.

Mir selbst war es gar nicht so unrecht, dass es keinen Weihnachtsbaum gab, ich hätte ihn nicht ohne Selbstvorwürfe ansehen können. In diesem Jahre haben wir, da ich diese Zeilen schreibe, bereits unser Bäumchen – von Pamela besorgt. Es steht, damit die Zwillinge es nicht vor der Zeit sehen, um die Ecke herum auf dem Küchenbalkon, und ich besuche das Fichtchen dann und wann, mein Herz an seinen Anblick zu gewöhnen. Dann denke ich an den Lieblingsplatz von Frau Gärtnereibesitzerin Hoppe, der durch mich seiner geschlossenen Schutz- und Zierwand beraubt ist, und ich schwöre mir wieder einmal zu, mehr Obacht auf die Schlingen zu geben, die das Leben auch dem Redlichen, besonders heute, stellt.

Aber ich hätte – trotz alles mir fehlenden Weihnachtsgeldes – diese kleine Geschichte nicht erzählen dürfen, wenn ich ihr nicht auch in einem andern Punkte einen Abschluss geben könnte. Ja, ich habe im Jahre 1946 an zwei Tagen dem Schulunterricht fernbleiben müssen, wie man sagt, aus Gründen, die nicht gesundheitlicher Natur waren. An einem Tage musste ich wieder mal ins Polizeigefängnis, und dort wurde mir ein alter Schnauz gezeigt –: »Er ist es!«, rufe ich, denn auch das Nasentröpfchen fehlte nicht, obwohl wir Juni schrieben.

»Nischt!«, sagte Nasentröpfchen gekränkt. »Den jungen Mann kenn ick jar nich! Nie jesehn!«

Und auch als ich auf Wunsch des Kriminalbeamten noch einmal die ganze blamable Geschichte erzählt hatte, blieb er bei seinem »Nischt«.

Das zweite Mal blieb ich dem Unterricht fern im August, um der Verhandlung gegen Nasentröpfchen beizuwohnen. Ich habe dieser Verhandlung von der ersten bis zur letzten Minute gelauscht, soweit

dies meine Zeugeneigenschaft zuließ, und ich habe dabei erfahren, welch hässlicher Wolf im Schafspelz dieser Alte war.

Das einzige Mal, dass Nasentröpfchen etwas tat und sagte, was meine Zustimmung fand, war, als der Richter ihn am Schluss der Verhandlung fragte, was er etwa zur Entlastung vorzubringen habe.

»Nischt!«, antwortete Nasentröpfchen.

Baberbeinchen-Mutti

Als es in den Winter des Jahres 1945 hineinging, war Muttis »Große« grade sechs Jahre geworden. »Sechs«, antwortete die Große, wenn die Leute sie nach ihrem Alter fragten. »Sechs was?«, rief dann die Mutti warnend. »Etwa sechs Kartoffeln?« – Dann kam das »Jahre«, immer noch sehr zögernd.

Leicht lernt sie nicht, sagte sich Frau Irmler manchmal, aber im Übrigen hätte sie nicht gewusst, was sie ohne die Große hätte anfangen sollen, solch eine Hilfe war sie, das ein und alles einer völlig alleinstehenden Frau, der durch den Krieg das meiste genommen war: Verwandte, Hab und Gut, und von dem Mann hatte sie auch seit anderthalb Jahren nichts mehr gehört. Da war solch ein warmes, verstehendes Kinderherz alles Glück und aller Halt.

Die Mutti und ihre Große, sie lebten zusammen, sie arbeiteten zusammen, sie froren zusammen, und manchmal hungerten sie auch zusammen. Ganz allein hausten die beiden in einer riesigen Ruine, die einmal ein fünfstöckiges Mietshaus gewesen war, mit zwei Hinterhöfen, in all dem lebte jetzt niemand als sie. Im Hinterhof, im Souterrain, hatten sie ein Zimmer noch ziemlich heil gefunden, mit einer kleinen Küche, das war ihr Lebensraum, die letzte Zuflucht, auf die sich die viermal Ausgebombten zurückgezogen hatten mit den spärlichen Resten der eigenen Habe, mit dem halb Zerstörten, das sich dazu gefunden hatte. Die Insel zweier Herzen, die nur noch füreinander lebten.

Als der Herbst immer ersichtlicher zum Winter wurde, als die Dunkelheit immer früher einfiel, als der Wind gegen Abend wilder und wilder tobte und die unheimlichen Geräusche der riesigen Ruine mit Türenschlagen, Knarren, Schuttgeriesel, kreischendem Blech sich verhundertfachten – da war das kleine Zimmer mit ein wenig Licht und ein wenig Wärme, mit der Sechsjährigen und der Achtundzwanzigjährigen eine Zelle des Glaubens und der Geduld, des Hoffens und der Liebe.

Es fielen nun schon lange keine Bomben mehr, und doch verdunkelten die beiden weiter, sie wollten nicht, dass ein nach außen dringender Lichtstrahl Fremde lockte, nur beieinander wollten sie sein. Und das waren sie auch: Die Mutter nähte für einen Schneider in der Berliner Straße, und die Große schälte währenddes langsam, langsam Kartoffeln für den nächsten Tag oder wusch ab oder fegte vor dem Eisenöfchen oder machte einfach ein neues Puppenröckchen, halb genäht und halb gesteckt, wie sie's eben konnte.

Wenn es ganz kalt wurde, krochen die beiden ins Bett, und an einem Abend, da die Füße der Großen gar nicht wieder warm werden wollten, erzählte die Mutti von ihrem Daheim und von ihrer Mutter und von ihren eigenen kalten Füßen, damals, als sie noch Kind gewesen war. Die Mutti war noch groß geworden auf dem Lande, wo es Kühe und Hühner, Wälder und Felder gibt, und an einem Wintertag war sie mit dem Vater im Wald gewesen, um Holz zu holen. Als sie am Abend nach Haus gekommen war, hatten die Füße gar nicht wieder warm werden wollen, und es hatte gebrannt in ihnen und gezwickt und gerissen. Die Mutti hatte als Kind nicht leicht geweint, so wie auch ihre Große jetzt nicht leicht weinte, aber an diesem Tage hatten die Schmerzen ihr das Wasser in die Augen getrieben, so unerträglich waren sie.

Da hatte ihre Mutter gefragt: »Was ist denn mit deinen Füßen, Tochter, wollen dann die Baberbeinchen gar nicht warm werden?« Und als die Tochter darauf noch immer nicht lächeln konnte, hatte die Mutter vorne das Kleid geöffnet und hatte sich die eiskalten Füße auf den bloßen warmen Leib gesetzt. So hatten sie sich gegenüber gesessen, Mutter und Tochter, und keine fünf Minuten, da waren die Baberbeinchen warm und die Schmerzen vergangen.

So war das damals gewesen, so hatte es die Mutti erzählt, und »Baberbeinchen« hatte die Große wiederholt, »Baberbeinchen« mit der Liebe, die alle Kinder für solche zärtlich-liebevollen Benennungen haben. Es war ein Erlebnis von vielen Erlebnissen, das die Mutti erzählt hatte, es gab viel Zeit zum Erzählen in diesen Wintertagen 1945, weil sie es oft nicht warm hatten und darum früh ins Bett gingen. Diese Geschichte aber hatte gehaftet von vielen, sie war leichter behalten worden von der Großen als die »Jahre«, die man unbedingt außer der »Sechs« angeben musste, sonst dachten ja die Leute, man war sechs Kartoffeln alt.

Also mit dem Herzen gehört und im Herzen behalten, und dann kam der große Schneefall, und wie alle Kinder freute sich die Große über den Schnee und spielte mit ihm und begleitete an diesem Tage die Mutti nicht auf ihren Einkäufen. Aber dann, als die Mutti zurückkam, und der Schnee wurde schon – wie immer in Berlin – zu Matsch, dann ging die Mutti schnell und ein bisschen blass an den kleinen Eisenofen, legte noch etwas auf (sie hatte sich grade am Abend zuvor eine Art Briketts aus nassem Zeitungspapier zurechtgemacht), und als der Ofen ein wenig Wärme ausstrahlte, zog sie Schuh und Strümpfe aus und hielt die Füße gegen den Ofen.

»Frieren dir die Füße, Mutti?«, fragte die Große. Die Mutter lächelte nur. »Die Baberbeinchen ...«, sagte die Große gedankenvoll.

Und dann nicht ohne Vorwurf: »Aber du hättest dir auch deine Lederschuhe anziehen müssen, Mutti, bei solchem Schnee!«

»Große!«, antwortete die Mutti nur vorwurfsvoll.

»Na ja«, sagte die Große überlegen. »Solches Wetter und dann deine Sommerschuhe, nur eine dünne Sohle und ein paar Bändchen über den Fuß.«

»Große!«, wiederholte die Mutti mit mehr Nachdruck.

»Na ja ...«, wollte die Große wieder anfangen. Aber dann fiel ihr ein, dass ja Muttis einzige Lederschuhe schon manche Woche beim Schuster waren und dass die Mutti nur noch diese leichten Sommerschuhe besaß, die vor nichts schützten. Mit den dünnen Strümpfen lief die Mutti durch den eisigen und immer matschiger werdenden Schnee.

»Ach, meine arme Baberbeinchen-Mutti!«, rief die Große und drückte den Kopf fest gegen die Mutter. Dann drohend: »Morgen gehen wir aber zum Schuster!«

Die Mutti blickte zweifelnd, als verspräche sie sich nicht viel von dem Weg, aber die Große erinnerte: »Er hat es dir doch fest versprochen, und du hast ihm Mehl und Zucker dafür gegeben!« (Sie hatte es nicht vergessen, dass sie sich dieses Mehl und den Zucker sauer genug abgespart hatten.)

Aber die Mutti behielt mit ihrem Zweifel recht: Der Schuster war besten Willens und voll Bedauern, aber er hatte eben kein Schnitzelchen Leder. »Ich würde sie Ihnen ja gleich machen, Frau Irmler, man hält auch gerne sein Wort, aber wo ich doch kein bisschen Leder bekomme, nun schon ein Jahr nicht! Bringen Sie mir doch ein Stückchen Leder, einen Gürtel oder am besten ein Soldatenkoppel – ich mache Ihnen sofort Sohlen daraus!«

Die Große hatte mit weit offenen dunklen Augen den Meister bei seinen Beteuerungen angesehen, und am liebsten hätte sie dem Schuster wohl bedeutet, das hätte er der Mutti sagen müssen, ehe er Mehl und Zucker nahm.

Aber sie hatte geschwiegen, vielleicht in der Hoffnung, dass die Mutti doch zu Haus noch ein Stück Leder fand. »Aber wo soll denn etwas sein, Große?«, hatte die Mutti auf deren Drängen zu Haus gefragt. »Du weißt doch, wir haben gar nichts. Und ein Lederkoppel – ach, du lieber Gott, wo sollen wir das denn hernehmen? Das schenkt uns keiner, und der Papa ist auch schon so lange fort.«

Die letzten Worte schlossen der Großen den Mund, und schweigend sah sie zu, wie die Mutti die dünnen Strümpfe zum Trocknen aufhing. Sie schwieg überhaupt viel diese Tage, drei, dann nur noch zwei Wochen vor dem Weihnachtsfest – obwohl die Mutti in dieser Zeit immer mehr zu einer Baberbeinchen-Mutti wurde. Denn es kam noch mehr Schnee und stärkerer Frost, und dann eines Tages kam ganz plötzlich Tauwetter – und alles wurde zu Glatteis und Matsch.

Die Große ging neben der Mutter und sah die braunen Strümpfe schon nach wenigen Minuten schwarz werden vor Nässe, und die schwarzen Flecke breiteten sich aus über den Fuß, und es war so kalt, und die Wege waren so lang, und oft gab es keine Feuerung im Haus. Die Mutter fühlte die Blicke des Kindes stets auf ihren Füßen, es tat ihr fast leid, dass sie der Großen die Geschichte von den Baberbeinchen erzählt hatte. Sie begriff, dass sich das Kind mit all der Ausschließlichkeit, die Kinder besitzen, auf die Sache gestürzt hatte, dass sie aus der überlegenen Mutti ganz zu einer bemitleidenswürdigen Baberbeinchen-Mutti geworden war.

Das Kind redete kaum, aber sein Blick war so dunkel vom Grübeln geworden. Nicht nur über den ungetreuen Schuster grübelte es, sondern es sah auch immer den andern Leuten auf die Füße, und kam ein schöner, heiler, fast neuer Schuh gegangen, so warf es einen forschenden Blick auf das Gesicht der Trägerin. Da aber kein Gesicht ihm so schön und gut wie das der Mutti erschien, so war es kein Wunder, dass es nicht nur mit der Trägerin des Schuhs, sondern mit der ganzen Welt haderte, die schlecht eingerichtet war, weil solch eine Mutti immer eiskalte, nasse Füße hatte, und andere, die wie nichts aussahen, hatten viel.

Ja, wieso hatten sie überhaupt so wenig? Die Mutti tat nie einem was und arbeitete immer, und die andern, die gingen spazieren, und ihnen wurde noch und noch gegeben. Zu früh, viel zu früh, dachte die Mutti und konnte doch nichts ändern.

Ach, wie gerne hätte sie es jetzt vermieden hinauszugehen auf die Straße, schon wenn sie nur zu den Schuhen griff, lag der stille, nichts mehr fragende Blick ihres Kindes auf ihr. Aber sie musste ja hinaus, Arbeit fortbringen, Lebensmittel einholen, immer wieder Baberbeinchen-Mutti werden, jeden Tag zweimal.

Wie schrecklich, dachte die Mutti, wenn ein Kind aufwächst und weiß schon, es ist weniger als die andern. So denkt es sich doch meine Große zu Recht. Ich habe gewusst, es gab größere Bauern als den Vater im Dorf, aber darum waren wir nicht weniger. – Sie denkt, wir sind weniger!

So gingen die Tage. Gottlob, es waren auch Tage darunter, da die Füße trocken blieben, Tage mit einem leichten Frost. Und unter ihnen war der Tag – er neigte sich schon in den Abend –, da es sachte gegen ihre Tür klopfte, gegen die Tür im Hinterhof der völlig verlassenen Ruine – das war der Tag vor Weihnachten. Im Dämmern stand da ein Mann, und da ihr Herz stark zu klopfen anfing, immer stärker, und es sie würgte in der Kehle, fragte der Mann: »Ist das hier richtig bei Frau Irmler?«

Sie konnte nicht sprechen, sondern eine Hand auf dem Herzen, eine als Stütze am Türrahmen, nahe dem Umsinken, verharrte sie schweigend.

Leise fragte er: »Bist du das, Trude? Ich bin wieder da ...«

Lange sah die Große auf den Mann mit dem blassen, unrasierten Gesicht, mit den riesengroßen Augen. Sie wusste, es war der lang ersehnte Vater, der heimgekehrte, sie hatte zu ihm »Papa« zu sagen, er war der Held von Hunderten von Muttis Geschichten. Aber sie erinnerte sich kaum noch, anderthalb Jahre, die er fortgewesen war, bedeuteten ein Viertel ihres ganzen Lebens. Dann gingen ihre Augen zu seinen Schuhen, er hatte noch ganz erträgliche Stiefel, sie wusste sogar, dass die Soldaten so was Knobelbecher nennen. Worauf ihr Blick den Kleiderhaken streifte, wo der etwas lumpige Mantel hing und die Mütze. Baberbeinchen-Mutti ..., dachte sie wieder einmal.

Eine Viertelstunde später erst merkte die Mutter, dass ihre Große verschwunden war aus der Küche, vom Hof. Draußen war es doch

schon ganz dunkel. Sie war sehr in Unruhe, so etwas hatte ihre Große doch noch nie getan! Überhaupt war das Kind in letzter Zeit so verändert, man konnte nicht genug auf es achten. Wohin sollte es überhaupt gegangen sein? Hier im Haus wohnte niemand, und sie hatten doch nichts mehr an Freunden und Verwandten! Suchen ja, aber wo? Trotzdem musste man sie suchen, bei den Kaufleuten, auf einer Stelle, wo sie heute früh noch Holz gefunden hatten – überall. Die Eltern zogen sich an. Er stand zweifelnd vor dem Kleiderhaken.
»Nun, wo fehlt es noch? Wir wollen schnell los. Ich bin so unruhig!«
»Ich dachte doch, ich hätte meinen Koppelriemen hierher gehängt«, meinte er zweifelnd.
»Koppelriemen?« überlegte sie. »Was war doch mit einem Koppelriemen?« Dann fiel es ihr ein. »Ich glaube, ich weiß jetzt, wo die Große ist«, sagte sie, plötzlich ganz ruhig geworden, zu ihrem Mann. »Ich will sie dir zeigen ...«
Es passte gut, dass man von der Straße in die Schusterwerkstatt hineinsehen konnte, und da stand die Große wirklich und sah mit ernsten Augen auf die arbeitenden Meisterhände hinab.
»Ich glaube, wir warten besser nicht«, meinte die Mutter. »Sie wird nicht fortgehen, ehe die Arbeit fertig ist.«
Sie verstand ihre Große. Sie hatte geschwiegen damals, aber sie war nicht gesonnen, noch einmal diesem treulosen Manne zu vertrauen. Mehl und Zucker waren dahin, aber der Koppelriemen sollte nicht auch dahingehen. Sie blieb, bis die Sohle fertig, bis das letzte Stück verarbeitet war.
Die Eltern saßen längst wieder in der Stube, spät erst hörten sie die Tochter in der Küche rascheln. »Wir tun am besten, als hätten wir ihr Fortsein gar nicht gemerkt«, flüsterte die Mutter eilig.
Gewiss, sie taten viel Unpädagogisches in diesen Tagen. Der Vater tat, als habe er nie ein Lederkoppel besessen, es wurden auch keine Einwendungen dagegen erhoben, dass die sechsjährige Tochter aus eigenem Ermessen über einen dem Vater gehörigen Gegenstand verfügt hatte, als die frisch besohlten Schuhe als größte Weihnachtsüberraschung erschienen waren. Gewiss, pädagogisch war vieles einzuwenden.

Und doch, es war alles gut, wie es gekommen war. Jetzt konnte die Mutti sich von ihrer Großen gut anfassen und »Baberbeinchen-Mutti« nennen lassen, es gab kein krankhaftes Mitleid mehr dabei und kein Gefühl, als seien sie weniger als andere. Die Welt war wieder heil geworden durch einen Militärkoppelriemen, der friedlichen Zwecken zugeführt worden war.

»Wie alt bist du eigentlich, meine Große?« fragte der Vater.

»Sechs!«, antwortete das Kind.

»Sechs was –?«, rief die Mutter mahnend. »Sechs paar Schuhe wohl?«

»Sechs Jahre, Baberbeinchen-Mutti!«, antwortete nun die Große zögernd. Es blieb dabei, dieses Kind verstand und lernte ungemein schwer.

Hans Fallada – sein Leben

1893   Rudolf Ditzen wird am 21. Juli in Greifswald geboren.

1899   Umzug der Familie nach Berlin, da sein Vater zum Kammergerichtsrat berufen wird.

1901   Einschulung in das Prinz-Heinrichs-Gymnasium in Berlin-Schöneberg.

1909   Umzug der Familie nach Leipzig aufgrund der Berufung des Vaters zum Reichsgerichtsrat. Es stellen sich zunehmend Konflikte mit seinen Mitschülern ein. Erste Anzeichen seiner Depression werden deutlich.

1910   Es entsteht als sein frühestes literarisches Zeugnis das Gedicht »Dank der Schönheit«.
In Tannenfeld wird er von der Schwester seines Vaters gepflegt. Sie vermittelt ihm auch eine Landwirtschaftslehre im Posterstein nahe Tannenfeld, die er 1913 beginnt.

1911   Besuch des Gymnasiums in Rudolstadt. Bei einem Doppel-Selbstmordversuch wird sein Freund Hanns Dietrich von Necker von ihm erschossen. Er selbst überlebt schwer verletzt.

1912   Überstellung in die Nervenheilanstalt Tannenfeld im Herzogtum Sachsen-Altenburg.

1915–1924   Arbeit auf verschiedenen landwirtschaftlichen Gütern in Pommern und Mecklenburg, Schleswig-Holstein und Schlesien. Auch in dieser Zeit gibt es immer wieder gesundheitliche Rückfälle, so dass er sich verschiedenen Drogenentziehungskuren unterzieht.

1920   Es erscheint sein erster Roman »Der junge Goedschal« unter dem Pseudonym Hans Fallada im Ernst Rowohlt Verlag Berlin.

1923/24 Wegen Geldunterschlagungen aufgrund seiner Drogensucht muss Fallada ins Gefängnis.

1929   Heirat mit Anna Issel am 5. April.

1929   Anstellung als Annoncenwerber in Neumünster und gleichzeitig journalistische Arbeiten.

1930   Geburt des Sohnes Ulrich.

1930   Fallada wird Lektoratsangestellter beim Ernst Rowohlt Verlag in Berlin.

1931   Es erscheint sein erster wichtiger Roman »Bauern, Bonzen und Bomben«, der ihn in Deutschland bekannt macht.

1932   Es erscheint Falladas erfolgreichster Roman, mit dem er Weltruhm erlangte: »Kleiner Mann – was nun?«.

1933   Übersiedlung nach Carwitz bei Feldberg. Dort wird seine Tochter Lore geboren.

1934/35 Es erscheinen kurz hintereinander die Romane »Wer einmal aus dem Blechnapf frisst« und »Wir hatten mal ein Kind«.

1936   Entstehung des Romans »Altes Herz geht auf Reise« und die berühmte Kindergeschichtensammlung »Hoppelpoppel, wo bist du?«.

1937   Es erscheint der zweibändige Roman »Wolf unter Wölfen« über die Krisenzeit der 1920er-Jahre. Seit Erscheinen des Buches und seiner Rezeption gilt Fallada als unerwünschter Autor in der Nazidiktatur.

1938   Es entsteht der Roman »Der eiserne Gustav«, der als Auftragswerk von Emil Jannings entstand, aber um das Buch erscheinen zu lassen, musste es einen politischen Kompromiss Falladas am Ende des Buches geben.

1940   Geburt des Sohnes Achim am 3. April.
Nach den Auseinandersetzungen um den Roman »Der eiserne Gustav« konzentriert sich Fallada auf die Veröffentlichung im Bereich der Unterhaltungsliteratur sowie unverfängliche Erinnerungsbücher über das Ländliche und Familienleben wie »Damals bei uns daheim« und »Heute bei uns zu Haus«.

1944 Scheidung von seiner Frau. Nach einem Streit mit ihr wird er wegen versuchten Totschlags in die Landesanstalt Altstrelitz eingewiesen.

1945 Heirat mit Ursula Losch.
Nach Ende des Krieges wird er von der russischen Besatzungsmacht als Bürgermeister in Feldberg eingesetzt. Aufgrund der vielen Konflikte in dieser Tätigkeit erleidet er einen Nervenzusammenbruch. Nach dem Krankenhausaufenthalt zieht er nach Berlin und wird von Johannes R. Becher unterstützt.

1945/46 Arbeit für den Kulturbund in Berlin und Arbeit an seinen nach seinem Tod erscheinenden Romanen »Der Trinker« und »Der Alpdruck«.

1947 Hans Fallada stirbt am 5. Februar in Berlin Pankow.